비단뱀

비단뱀

박성경 장편소설

교유서가

"고백하건대 네 책을 읽으면 종종 목이
졸리는 것 같은 느낌이 든단다."
"당연하겠죠. 그건 비단뱀 이야기니까요."

_에밀 아자르, 『가면의 생』에서

차례

비단뱀

나는 비단뱀이다. 언제 어디서든 당신이 나를 마주친다면 목이 졸리는 느낌이 들길 원한다. 설령 목이 졸려 죽게 되더라도 나의 잘못은 아니다. 내게 죄가 있다 한들 손목에 수갑을 채워 감옥에 처넣을 순 없지 않은가? 나는 팔이나 손목 같은 건 단 한순간도 가져본 적이 없는 비단뱀인데.

내가 비단뱀을 꿈꾼 이유는 어느 날, 사람은 지폐만 위조할 수 있는 건 아니라는 사실을 깨닫고 나서였다. 그래서 나는 지금부터 당신에게 인생의 커다란 비밀 하나를 알려주려 한다. 당신이 원하기만 하면 지금 당장 자신을 위조할 수 있다고. 그래서 얻는 것이 무엇이냐고 내게 묻지는 말라. 당신 스스로 알아내야 하고, 거기서 얻은 인생의 진리는 당신만의 비밀로 간직해야 한다.

'착한 여자들은 천국에 가지만 못된 계집애들은 아무데나 간다.' 물론이다. 나도 이 말에 동의한다. 할머니가 살아 계셨을 때 내게 늘 하신 말씀이 있다.

"넌 착해."

"해이야, 넌 정말 착하단다."

"어이구, 우리 착한 해이."

할머니는 돌아가실 때도 내게 이런 말씀을 남기셨다.

"착한 내 새끼……"

할머닌 죽기 몇 해 전부터 돌아가시는 날까지 치매로 고생하셨지만 내가 착하단 사실만큼은 잊지 않으셨다. 그러므로 나는 착한 여자고 언젠간 천국에 갈 것이다.

내겐 부모님이 안 계신다. 아니 할머니께서 길러주셨으니 내겐 할머니가 부모님이나 다름없다. 할머니의 부모님은 할머니에게 강화(江和)란 이름을 지어주셨다. 강화는 '강 같은 평화'란 뜻이다. 내 기억으론 할머니의 삶에서 강 같은 평화는 없었다. 그도 그럴 것이 혈육이라곤 하나뿐인 손녀가 비단뱀인데 무슨 설명이 더 필요하랴. 부디 지금은 천국에서 강 같은 평화를 누리고 계시길.

내 이름은 해이(海怡)다. '바다 같은 기쁨'이란 뜻으로 할머니가 지어주셨다. 나 역시 스물일곱 해를 살아오는 동안 내 삶에 한번도 바다 같은 기쁨은 없었다.

그렇다. 이름에서 짐작할 수 있듯 나, 은해이는 기독교 신자다. 신을 믿는 자라면 누구든지 궁극엔 강 같은 평화, 바다 같은 기쁨에 도달하길 원할 것이다. 다름 아닌 신을 통해서 말이다. 내가 살아가면서 모방하고 싶은 존재가 있다면 맹세코 인간이 아니라 신이다.

신은 비정할진 모르나 공평하다. 주는 것이 있으면 주지 않는 것이 있다. 신은 치사할진 모르나 공평하다. 주었다가 도로 빼앗을 때가 있으니까. 내겐 할머니를 주었다가 도로 빼앗았다. 나중에 도로 빼앗더라도, 주었다가 빨리 빼앗더라도, 처음엔 주는 것이 낫다는 게 내 생각이다. 할머니를 빼고서 내 삶을 생각한다는 건 상상할 수조차 없으니까.

월요일이다. 새벽기도에 다녀와서 출근 준비를 한다. 주말 동안 헤어져 있었던 아이들과 잠시 후면 만난다고 생각하니 설렌다. 화장대 앞에 앉아 베이비로션을 바른다. 나는 출근할 때 화장은 하지 않는다. 립스틱도 바르지 않는다. 온종일 아이들의 손을 잡고, 아이들 얼굴에 내 얼굴을 비벼대고, 볼에 입맞춤도 해야 하는데 어른의 화장품은 아이들의 피부에 좋지 않기 때문이다.

화장대 거울에는 우리 반 아이들의 사진이 하나씩 붙어 있다. 내가 거울을 자주 보는 건 아이들의 사진이 붙어 있어서다. 아이들은 자연을 닮았다. 아무리 보아도 질리는 법이 없다.

직장인들은 출근 부담이 가장 많이 생기는 일요일 저녁과 월요일 아침을 싫어한다지만 나는 정반대다. 나는 일요일 저녁과 월요일 아침을 가장 좋아한다. 일요일 저녁엔 다음날이면 아이들을 만날 수 있다는 기대감으로, 월요일 아침엔 드디어 만난다는 설렘으로 들뜨게 된다.

나는 어제저녁 미리 결정해놓은 의상인 스판 청바지에 짙은 초록색 롱카디건을 걸치고 연립주택 원룸을 나선다.

가을바람이 제법 차다. 볼을 스치는 찬공기가 맘에 든다. 나는 내 차를 주차해놓은 곳으로 향한다. 내가 사는 연립주택은 주차시설이 워낙 열악해서 밤늦은 시간엔 차를 세울 곳이 없다. 주말이나 휴일에는 그야말로 주차 전쟁이 벌어진다. 그래서 하는 수 없이 견인 지역에 세울 때가 있는데, 다음날 아침 출근할 때 보면 영락없이 주차위반 딱지가 붙어 있다. 주차장 때문에 이민을 생각한 적도 있다. 그 나라가 어느 나라인진 모르겠으나 주차장이 넓기만을 바랄 뿐이다.

차라리 차를 없애지 그러냐고 묻지는 말길. 내게 차는 선택 사항이 아닌 필수 과목이다. 나는 길치지만 차가 없는 날엔 그 날로 죽은 목숨이다. 왜 이렇게 차에 목숨을 거느냐고? 고백하자면 차 트렁크에 목 졸린 시체를…… 감춰놓은 건 아니고 가발, 하이힐, 부츠, 미니스커트, 속옷, 무대의상, 화장도구, 선글라스, 우산, 콘돔 등등 온갖 잡동사니들이 차 트렁크에 들어 있기 때문이다. 이 잡동사니들은 전부 나의 귀중품들이지만 그렇다고 좁아터진 원룸 안에 모시고 살 순 없는 일이다.

직업이 나이트클럽 가수냐고? 내가 나이트클럽 가수면 왜 이 시간에 출근하겠는가? 그렇담 연극배우냐고? 아니, 이미 짐작했을지도 모르지만 나는 어린이집 교사다. 파주에 있는 '꿈동산소망어린이집'이 나의 직장이다.

나는 기독교재단의 이 어린이집에서 만 1세 반을 맡고 있다. 만 1세 반은 윗반에 비해 위험부담도 크고 힘들어서 다른 교사들이 지원을 꺼린다. 이 이유로 나는 더 맡고 싶었다. 아이들은 어릴수록 더 사랑스럽다. 한 살이라도, 아니 한 달이라도 어릴수록 아이들은 백지에 가깝고 가능성은 무한하다. 나는 이 순진무구한 아이들과 새하얀 도화지에 날마다 새로운 그림들을 그려나간다. 어른의 언어가 아닌 아이의 언어로, 어른의 몸짓이 아닌 아이의 몸짓으로 말이다. 낮에도 밤에도 휴일에도 꿈속에서도 난 내 직업을 잊은 적이 없다. 단 한순간도.

다음달 월급을 타면 차에 내비게이터를 달 것을 결심하면서 시동을 건다. 차의 액셀러레이터를 밟으며 나는 서서히 견인 지역을 빠져나간다.

아침 7시. 어린이집에 도착해 주차장을 향해 들어간다. 이 시간, 주차장에 주차된 차는 한 대도 없다. 내가 항상 제일 먼저 출근하기 때문이다. 그래서 나는 빈 주차장에서 항상 손쉽게 단번에 주차를 한다. 주차 실력이 부족한 내게 날마다 주어지는 작은 보너스다. 현관문 앞에 도착해 비밀번호를 누르니 보안경비시스템이 해제되면서 딸깍 문이 열린다.

어린이집 안으로 들어서는 순간, 친숙한 공기에 안도감을 느낀다. 환기를 위해 창문을 열고 화분에 물을 주며 적당한 습도조절을 해둔다. 그리고 난방을 튼다. 요즘 같은 날씨는 일교차가 심해 아이들이 쉽게 감기에 걸릴 위험이 있어서 실내공기를 미리 따뜻하게 데워놓아야 하니까.

8시 30분이 되자 월요병에 걸린 선생님들이 차례로 출근한다. 9시 15분이 되어서야 무지개반 선생님이 허겁지겁 들어선다. 또 지각이다. 잘못도 매번 하는 사람이 계속하게 된다. 화장이 잘 먹지 않은 걸 보니 급하게 하고 온 것 같다. 뭐든 완벽하게 하지 않을 바에야 아예 처음부터 안 하는 것이 낫다. 잘못된 화장으로 인해 떠 있는 무지개반 선생님의 얼굴은 상투적으로 보인다. 완벽하지 못한 것은 상투적이라 불려도 싸다.

나는 선생님들과 자그마한 교무실에서 직원회의를 한 다음 각자의 교실로 흩어진다. 원아들은 만 1세에서 만 5세까지 초록반, 해님반, 사슴반, 열매반, 무지개반으로 나뉘어 있다. 당연한 말이지만 나는 초록반 담임이다. 담임은 나 말고 또 한 분이 계시다. 그분은 조명애 선생님으로 어린이집 교사 경력이 20년인데 여기서도 가장 고참이다. 조 선생님이 미혼의 교사들과 잘 어울리지 못할 것 같다는 건 우리 모두의 편견이었다. 조 선생님은 누구보다도 교사들과 잘 어울린다. 사람들과 잘 어울린다는 것과 일을 잘한다는 것은 별개의 문제일 수 있겠지만.

조 선생님과 나는 한 교실에서 각자 다섯 명씩 초록반의 담임을 맡고 있다. 만일 독립된 교실에서 다섯 명의 아이들을 따로 본다면 교사들이 화장실에 갈 때나 급한 일로 잠시 교실을 비울 때 큰 문제가 생길 수 있다. 아이들이란 그야말로 눈 깜박할 사이에 사고가 일어날 수 있는 존재니까.

처음 이곳에 와서 만 1세 반의 명칭이 초록반이라 들었을 때 나는 회의시간에 검정반으로 바꾸는 게 어떠냐고 제안했다. 진심이었다. 언젠가 동화책에서 '노란 꽃은 노란색을 받아들이지 않아서 노랗게 보인다'고 읽은 적이 있기 때문이다. 그렇다면 만 1세 반은 초록색을 받아들이지 않아서 초록반이 되었다는 뜻인데 그건 사실과 다르지 않은가? 내 제안에 조명애 선생님은 심각한 표정을 지으며 말했다.

"그럼 우리 반이 검정고시반 같지 않아?"

조명애 선생님의 말에 교사들 모두가 웃었다. 원장은 웃지 않았다. 날 뽑은 걸 후회하는 눈치였다. 그래서 만 1세 반은 개원 이래 여전히 초록반이란 명칭을 고수하고 있다. 나의 진심 어린 제안에도 불구하고!

결이, 단비, 우주, 소원, 지율.

내가 맡은 초록반 아이들의 이름이다. 결이, 우주가 남자애고 단비, 소원, 지율은 여자애다. 처음 어린이집에 왔을 때 나는 이 아이들의 이름을 단번에 외워버렸다. 나는 기억력이 좋은 편이고, 아이들의 일에 관해서는 더욱 좋은 편이다.

아이들도 월요병이다. 단비가 등원하자마자 울기 시작한다. 주말 동안 부모님의 사랑을 듬뿍 받은 탓에 현관에서 엄마와 힘겹게 헤어진 것이다. 다른 아이들도 일제히 단비를 따라 운다. 아이들은 전염성이 강해서 뭐든 따라 한다. 한 명이 낙서를 하면 앞다투어 색연필을 잡고, 한 명이 감기에 걸려서 오면 전부 옮아버리듯이. 초록반은 금방 울음바다가 된다.

오늘 반에서 제일 막내인 결이는 독감으로 결석을 했다. 이제 20개월인 결이는 성이 한씨인데 이름처럼 한결같이 변함없는 변덕쟁이다. 물을 달래서 물을 주면 우유를 가리키고, 밥을 달래서 밥을 주면 빵을 가리킨다. 낮잠 시간엔 말똥말똥한 표정으로 돌아다니고, 변기에 배변훈련을 시키면 꾹 참았다가 나중에 기저귀에 한꺼번에 싼다. 그러곤 내게 '어서 기저귀 갈아!' 하는 표정을 지으며 손으로 아랫도리를 가리킨다. 나는 결이의 일관된 변덕과 청개구리 같은 행동이 맘에 든다. 한결같으니까.

지금 결이가 말할 수 있는 단어는 "압빠(아빠)", "무(물)", "빠(밥)"가 전부다. 일반적으로 결이 개월 수엔 열 단어 정도는 말할 줄 아는 게 정상이지만 사실 아빠와 물과 밥, 이 세 가지만 있어도 세상을 사는 덴 별 지장이 없으리라 생각한다. 하지만 결이 아버지는 결이가 말이 늦은 것을 엄마 없는 탓으로 돌리고 맘 아파한다. 결이 아버지가 결이를 어린이집에 맡길 때 내게 한 가지 지켜달라고 부탁한 게 있다.

결이가 당분간 '엄마'란 단어는 몰랐으면 합니다.

이것이 학기초 일일연락장에 결이 아버지가 적어 보낸 첫 내용이었다. 결이 아버지의 요구에 피식 웃음이 나오면서도 가슴이 아려온다.

결이에게 없는 존재란 결이가 몰라도 되는 단어일까? 그 단어를 모른다고 해서 결이에게 없는 존재가 될까? 아무리 당분간이라도 결이 아버지의 부탁을 나는 들어줄 수가 없다. 부탁은 약속이 아니기 때문이다.

오전 간식을 마치자 자유선택활동 시간이 돌아온다. 나는 아이들과 그림책을 펴고 '있다/없다, 많다/적다, 길다/짧다, 크다/작다' 개념놀이를 한다.

암탉이 있다 없다
사과가 많다 적다
머리가 길다 짧다
키가 크다 작다

그림책 속 닭장 안에 암탉이 들어 있다. 닭장 속의 닭을 왜 하필 암탉으로 비유했을까? 무의식중에 여자란 집에 있어야 하는 존재라는 주장을 펼치고 있는 건 아닌지?

바구니 그림 안엔 사과가 열 개 들어 있다. 이걸 무조건 많다고 가르칠 수 있을까? 열 개도 적다고 느끼면 적은 것이고, 한 개도 많다고 느끼면 많은 게 아닐까? 초록반에서 한꺼번에 사과 한 개를 다 먹을 수 있는 아이는 없으니 말이다.

그림책 속 쇼트커트 머리 아이도 자기 머리카락에 답답함을 느낀다면 머리를 더 잘라주어야 할 것이다. 또, 뱀이 아무리 길다 해도 털실을 전부 풀어놓은 길이에 비하면 얼마나 짧은 것인가.

키가 큰 사람도 거인 나라에선 난쟁이로 불릴 것이고, 발이 작은 사람도 난쟁이 나라에 가면 큰 신발을 특별 주문해야만 살 수 있을 것이다.

나는 그림책을 덮고 아이들에게 새로운 개념놀이를 제안한다. 아이들을 데리고 어린이집 놀이터로 나가 빈 화분에 꽃씨를 심자고 한다. 모래터의 모래를 각자 손에 한 줌씩 쥐고 세어보자고. 털실을 풀면서 공원까지 달리기를 하고 공원의 메타세쿼이아 나무와 키를 대보자고 한다.

화분에 꽃씨가 있다 없다
모래가 많다 적다
털실이 길다 짧다

나무가 크다 작다

　우리의 새로운 개념놀이는 흰 도화지 위에 그림을 그려가
며 상상 속에서 이루어진다. 우리 반은 만 1세 반이므로 공원
까지 달리기란 아직 무리다.
　하원 시간이다. 아이들이 엄마들의 품에 안겨 집으로 간다.
엄마들의 볼 뽀뽀를 쪽쪽 받아가며 말이다. 아, 입술 뽀뽀는 금
물이다. 세균이 전염될 수 있는데다 충치가 생기니까. 아이들
은 아직 이가 나지 않았다 해도 어른과 입술 뽀뽀를 하면 나중
에 충치가 생긴다.
　퇴근 시간이 다가오자 조명애 선생님이 불쌍한 표정을 짓
는다. 조 선생님은 오늘 9시까지 당직을 서야 한다.
　"은 샘! 어떡해……"
　"또?"
　조 선생님이 한숨을 쉬며 고개를 끄덕인다. 오늘이 제삿날
이란 뜻이다. 조 선생님은 그녀 자신과 친정 식구들이 기독교
신자라 제사를 지내지 않지만 시댁에선 맏며느리라 1년에 열
번 제사를 지낸다. 거의 한 달에 한 번꼴이니 죽을 맛일 거다.
이 사실을 알게 된 이후 조 선생님 앞에선 "너 오늘 제삿날이
다"란 말을 하지 않게 되었다.
　"제가 있을게요."
　"정말? 고마워. 은 샘."

조 선생님은 얼굴을 활짝 편다.

"고맙긴요. 일찍 가봐야 할일도 없어요."

조 선생님은 정말 효부다. 이럴 줄 알았다면 기독교 신자랑 결혼하는 건데, 하며 가끔 후회 섞인 탄식을 내뱉기도 하지만 말이다.

교사들이 전부 퇴근한 뒤 나는 교무실에 남아 결이 아버지에게 전화한다. 결이 아버지는 결이의 독감이 차도가 없다며 전화기에 대고 무뚝뚝하게 말한다. 마치 내가 결이에게 독감을 옮기기라도 한 것처럼 원망스러운 어조로 말이다.

전화를 끊고 나서 어린이집 홈페이지에 들어가 오늘 아이들의 일과를 찍은 사진까지 업데이트하다보니 어느새 9시가 넘어버린다. 제일 일찍 출근을 하고 마지막 퇴근을 하는 건 내게 흔히 있는 일이다.

어린이집 주차장으로 가서 내 차에 오른다. 낮은 힘들었으므로 밤엔 쉬운 일을 하면서 쉬려 한다. 이 시간 이후 나는 못된 계집애가 된다. 그러면 아무데나 갈 수 있다. 카 CD를 동요에서 쳇 베이커로 갈아끼우며 차를 출발시킨다. 머릿속으로 혼자만의 개념놀이를 시작하면서 문득 '많다'의 반대말은 '적다'가 아니라 '없다'가 아닐까 하는 생각을 한다.

내겐 가족이 없다

내겐 친구가 없다

내겐 친척이 없다

솔직히 난 가족을 한번도 그리워한 적이 없다. 애초에 없었으니까 그리움도 없는 것이다. 한번도 경험해보지 못한 존재를 군이 떠올리며 부재를 슬퍼할 필요는 없다. 남들에겐 있고 내겐 없다고 해서 상실감을 가질 이유도.

어린이집에서 한참 떨어진 한적한 골목에 주차를 하고 차 안에서 옷을 갈아입는다. 오늘 의상은 타이트한 검은색 그물 짜임 니트원피스에 뱀가죽 힐, 그리고 까만 니트 모자다.

평소에 내 머리는 단발이다. 어린이집 교사가 관리하기에 무난한 머리 길이라 하겠다. 고무줄로 묶으면 한 줌 분량의 뒷머리가 생기고, 풀어도 치렁치렁하지 않다. 나는 머리를 최대한 바짝 묶고 나서 잔머리가 내려오지 않도록 실핀들을 꼽은 다음 쇼트커트 가발을 쓴다. 그러곤 화장도구를 꺼내 스모키 화장을 시작한다. 카시트 위에 화장도구를 펼쳐놓고 차안에서 스모키화장을 하는 건 쉬운 일이 아니지만 나의 동작은 항상 신속하며 정확하다. 화장을 마치고 백미러에 얼굴을 비춰본다. 화장이 뜨는 법은 없다. 마지막으로 빨간색 펄 립스틱으로 입술에 포인트를 준다. 그러곤 백미러에 비친 내 모습을 바라보며 중얼거린다. 완벽하군. 맘에 들어.

선글라스를 끼고 K호텔의 JJ바 안으로 들어선다. JJ바는 이

호텔 지하 1층에 있는 재즈바다. 운이 좋은 날엔 코앞에서 노래를 불러주는 재즈 가수를 만날 수 있다. 물론 나는 JJ바의 단골이 아니다. 나는 한 장소를 자주 가는 타입이 못된다. 나는 어떤 가게의 단골이 되기 전에 다른 곳으로 옮겨버린다. 단골이 된다는 건 습관이 된다는 걸 의미하고 습관이 되면 타성에 빠지게 되고 타성에 빠지는 일은 진부하니까.

바 안에선 엘라 피츠제럴드의 노래 〈Misty〉가 흘러나오고 있다. 고아로 자라나 댄서를 꿈꾸었으며 미국 재즈사에 기록된 가수 엘라 피츠제럴드. 역시 신은 공평하며 균형감각이 있다. 그녀에게서 부모와 흰 피부색을 뺏는 동시에 천상의 아름다운 목소리를 주었으니까.

바 한구석에 앉아 다이어트 코크와 함께 온더록스 잔을 주문한다. 그러곤 다이어트 코크를 위스키 온더록스 잔에 따라 홀짝이며 공갈 담배를 꺼내 입에 문다. 나는 선글라스를 벗어 테이블 위에 올려놓는다. 선글라스를 머리 위에 걸치는 건 내가 싫어하는 행동 중 하나다. 이 행동은 마치 눈 위에 또 하나의 눈을 얹고 사람들을 내려다보는 느낌이 든다.

'2시 방향에 준수한 외모의 사내 등장. 턱선도 준수. 곧 이쪽으로 올 것 같음. 더 꼿꼿한 모습으로 앉아 있지 그래? 턱을 치켜든다거나 허리를 편다거나.'

여느 여자 같으면 자신에게 이렇게 속삭였을 것이다. 하지만 난 사내에게 가볍게 눈인사를 한다. 나는 비단뱀이니까. 이

정도 제스처로 족하다. 부디 그가 내 옆에 앉고 난 다음에 "여기 앉아도 될까요?"란 상투적인 말은 꺼내지 말기를. 그럼 그와의 인연은 여기서 굿바이다.

사내가 내게 다가온다. 그러곤 나와의 인연을 시험이라도 해보겠다는 듯 아무 말도 않고 내 옆자리에 앉는다. 사내가 바텐더를 향해 손을 든다.

"여기요!"

바텐더가 다가오자 사내가 내 잔을 들여다본다.

"이 숙녀분이랑 같은 걸로 한잔 주세요."

바텐더가 의아한 표정으로 묻는다.

"다이어트 코크로요?"

네가 주문한 것이 다이어트 코크면 너랑 당장 하러 가겠다. 네가 주문한 것이 위스키 온더록스라면 지금 당장 돌려보내겠다.

사내가 난감한 듯 웃으며 바텐더에게 고개를 끄덕인다. 나도 따라 웃는다. 나는 재떨이에 공갈 담배의 재를 터는 연기를 하며 속으로 말한다. 난 말이죠, 하이힐을 신고 등산을 가고, 우유 빨대로 와인을 마신답니다. 상식적인 행동은 안 해요.

사내는 직진형이다. 귓속말로 룸에 올라가 한잔할 것을 제안한다. 그러면서 자신은 꾼이 아니라는 조항을 단다. 비단뱀은 세상이 정한 룰이 아니라 스스로 정한 룰 안에서 도덕적이다. 비단뱀은 먹이를 기다리지 않고 찾아나선다. 그러나 꽃뱀이 아니라는 것. 꽃뱀과 마찬가지로 먹이에게 감정은 없지만, 꽃뱀과 달리 먹이에게 연민을 느낀다.

나는 사내를 향해 씨익 웃는다. 나도 꾼은 아니야. 비단뱀이지.

호텔 룸으로 올라가는 엘리베이터에서 나는 사내의 팔짱을 끼고 연인처럼 군다. 이 순간 나는 비단뱀이니 그의 목에 내 몸을 둘러도 괜찮을 것이다. 예상치 못한 내 행동에 당황한 그가 스르르 팔을 푼다. 그러곤 엘리베이터 안에 탄 다른 사람들을 흘끔거린다. 사람들에게 신사로 보이고 싶은 남자군. 룸에 들어서자마자 거칠게 돌변하겠어.

그와 난 룸 안으로 들어서자마자 서로에게 공격적인 행동을 가하기 시작한다. 내 예상은 크게 벗어나질 않는다. 우리는 격렬하게 키스를 하며 서로를 벽에 밀어붙인다. 그러곤 사방에 옷을 벗어 던진다. 서두름이 오히려 옷 벗는 속도를 방해한다. 아아, 영화 속 섹스 장면을 모방하고 있어. 하나씩 차례로 벗으면 더 빨리 벗을 수 있을 텐데 말이야.

그와 난 행위의 장소로 침대 대신 테이블을 택한다. 테이블 위에선 둘 중 하나가 다칠 것을 각오해야 한다. 상처는 겁나지 않는다. 다만 상처를 내더라도 내 목에 키스 마크는 내지 말길 바란다. 그러면 내일은 목에 스카프를 둘러야 하고, 아이들은 내 목에 두른 스카프가 신기하다고 마구 잡아당길 테고, 행여 원장이나 교사들이 내 목의 키스 마크를 발견하면 곤란하니까.

　이제부턴 본론이고 행위에 들어서면 모방은 금물이다. 나는 피임약은 먹지 않는다. 대신 그에게 콘돔을 낄 것을 요구한다. 그가 당연하다는 표정을 짓는다.

　이어 저돌적이고 거친 섹스가 펼쳐진다. 가난한 애인을 등쳐먹고 사는 무심한 한량처럼, 부모에게 물려받은 유산을 낭비하고 다니는 늙은 플레이보이처럼, 오늘 처음 만났으나 이번이 마지막인 것처럼, 순간에 최선을 다하되 서로의 이름은 묻지 않는, 뻔뻔하고 무책임한 섹스. 신음소리는 금물이다. 우린 프로가 아닌가?

　"술도 안 마시고 한 여자는 자기가 첨이야."

　그가 조심스럽게 명함을 내밀며 묻는다.

　"자기, 또 볼 수 있어?"

　안될 건 없지. 습관이 되기 전까진. 나는 이불로 몸을 감싸며 턱으로 테이블을 가리킨다. 그가 테이블 위에 명함을 올려놓고는 호텔을 먼저 나선다. 나는 그의 명함을 집어든다.

　태영시네마 영화팀 팀장 류준수

　류준수라. 이름이 낯설지 않은걸? 우리 설마 초등학교 동창은 아니겠지? 나는 자리에서 일어나 천천히 옷을 입은 다음 호텔을 나선다.

새벽 2시. 차를 몰고 나만의 룸을 향한다. 나는 내가 길치인 것이 좋다. 어느 길로 가든 초행길이란 느낌이 든다. 초행길에서 권태를 느끼는 법은 없다. 조금 늦게 도착해도 상관없다. 날 기다리는 사람도 동물도 없으니까. 외롭다고 해서 고양이를 키울 순 없는 일이다. 나는 집에 붙어 있는 시간이 적고 그건 고양이를 외롭게 하는 일이 된다.

원룸에 도착해서 두어 시간 눈을 붙인 다음 새벽기도엘 나가야겠다고 생각한다. 오늘 기도 제목은 '결이의 회복'이다.

사실 나는 잠이 없다. 새벽기도를 다녀와서도 아침잠을 자는 일은 없다. 나는 뜨거운 여자다. 세상은 피서지고, 나는 세상에 피서하러 왔다. 내 원룸은 세상이란 피서지의 호텔 객실 1호실이다. 소중한 시간을 피서지에서까지 잠으로 보낼 순 없는 일이다. 나는 객실에 도착하자마자 찬물로 샤워를 하며 몸의 열기를 식힌다. 열기는 좀처럼 식을 줄을 모른다.

한여름의 눈

단비가 변기에 타타타 토끼똥을 쌌다. 대단해라! 기저귀가 아닌 변기에 말이다. 단비는 뭐든 빠르다. 아는 단어도 열 단어 이상이고, 눈치도 빠르고, 배변훈련도 착착 잘 따라 한다. 그런데 오늘 드디어 변기에 초록반 아이들 중 처음으로 똥을 싼 것이다. 나는 그냥 물을 내려버리기가 아까워 사진기로 단비의 첫 똥을 찍어둔다.

또래 아이들 중 어린이집에 가장 빨리 적응한 아이를 뽑으라면 단연 단비다. 엄마를 닮아서일까? 학부모 운영위원 대표를 맡고 있는 단비 어머니 역시 어린이집 행사에 가장 적극적이다. 학부모 초청 행사가 있는 날은 가장 먼저 와서 두 팔을 걷고 도와준다. 얼마 전 단비 어머니는 영어 동화책과 영어 동요 CD를 전집으로 어린이집에 쾌척했다. 헌책도 아니고 새책이다. 게다가 총천연색 입체북이다.

단비 어머니는 맡았다 하면 대표직만 맡는다. 내가 알고 있는 것만 해도 네 가지나 된다. 아이와 환경을 생각하는 유기농 먹거리 맘 대표, 파주 지역 모유수유 홍보 맘 대표, 퀼트를 사랑하는 사람들 모임 대표, 공동육아 모임 '아이랑' 대표.

단비 어머니는 학창시절 내내 반장만 도맡아 했을 타입이다. 의욕에 넘치고, 공부 잘하고 예쁜 모범생이라 모두가 우러러보는 타입. 그래서 그녀는 현모양처라기보다 슈퍼우먼으로 보인다.

어디를 가나 눈에 띄는 사람은 내 취향이 아니지만 가끔 단비 아버지는 어떤 사람일까 궁금할 때가 있다. 단비와 단비 엄마랑 사는 남자는 어떤 사람일까? 단비 엄마 덕분에 일상이 행복한 사람?

단비네 집의 풍경을 그려본다. 유기농 먹거리로 가득한 식탁, 영어 동요가 흘러나오는 햇빛 찬란한 거실, 퀼트 솜씨를 자랑하는 커튼과 이불이 깔린 우아한 침실. 참으로 바람직한 그들만의 집이겠다.

화장실에서 단비의 엉덩이를 물로 닦아주고 나오자 조명애 선생님이 나선다.

"은 선생, 그냥 물티슈로 닦지?"

"똥 쌌잖아요."

"어떻게 애들을 일일이 물로 닦아? 은 선생, 학부모들이 왜 물티슈를 제출하겠어? 이럴 때 쓰라고 내는 거지."

　조 선생님은 내게 친밀감을 드러낼 땐 은 샘, 사무적으로 대하고 싶을 땐 은 선생이라 부른다. 그녀처럼 자기 기분의 상태를 그때그때 똑 부러지게 알리는 사람도 드물 거다. 지금은 사무적이란 말씀.

　나는 단비에게 바지를 입히며 대답한다.

　"피부가 약하잖아요."

　약한 피부일수록 조심해서 다뤄야 한다. 약한 건 상하기 쉬우니까. 그건 흰옷을 입을 때 더 조심하는 이유와 같다. 아이들이란 매사에 아무리 조심해서 다뤄도 지나치지 않은 존재인 것이다.

　조 선생님의 말투가 드디어 신경질적으로 변한다.

　"혹시 기저귀발진 땜에 걱정하는 거야? 그럴 나이는 지났어. 똥도 많이 싼 게 아니잖아. 설사한 거도 아니고."

　나라면 차라리 그런 말을 하는 시간에 물로 닦아버리겠다. 나는 부드러운 어조로 그녀를 부른다.

　"선생님!"

　"응?"

　"밖에 눈 와요."

　조 선생님이 창밖을 바라보며 묻는다.

　"정말?"

　"속았죠?"

"에이, 놀랐잖아. 진짠 줄 알고."

"가을에 눈 오는 게 뭐가 놀랄 일이에요. 한여름도 아닌데."

"실없긴……"

우리는 마주보며 실없이 웃는다. 나는 조금 전보다 더 부드러운 어조로 그녀에게 묻는다.

"오늘 그날이죠?"

그날은 생리일이 아니라 제삿날이라는 뜻이다. 언젠가 그녀는 이제 자신은 폐경기라며 내가 묻지도 않은 질문에 답하곤 한숨을 쉬었었다.

"응."

"요즘 힘드시죠?"

흑, 하고 그녀가 갑자기 울음을 터트린다. 나는 재빨리 크리넥스를 내민다. 그녀는 크리넥스 대신 자신의 손수건을 집는다. 형광물질보다는 면이 좋은 줄 알고 있다. 물티슈보다 따뜻한 물이 더 좋은 줄 아는 것이다. 눈가를 닦아내는 그녀의 눈자위가 퀭하다. 피곤이 그녀의 골수를 파먹고 있다.

"안 돼요. 애들 앞에서 눈물 보이면."

"알았어. 키이―."

"울다가 웃지 마요. 큭."

우리가 주고받은 말뜻을 알아들은 걸까? 단비가 제일 먼저 킥, 하고 따라 웃는다. 소원이, 지율이, 우주도 따라 웃는다. 초록반 아이들 전부가.

나는 친동생 같은 어조로 그녀에게 말한다.

"낮잠 시간에 애들이랑 눈 좀 붙이세요. 안 자는 애들은 제가 다 볼게요."

"그래도 될까, 은 샘?"

그녀가 벌써 눈을 붙일 준비를 한다. 나는 방석을 반으로 접어 베개를 만들어서 그녀에게 내민다. 방석 베개를 받아든 그녀의 눈이 스르르 감기기 시작한다.

누군가를 이해시키려면 설명이 필요하다. 나는 누군가를 이해시키려고 노력하는 타입이 아니다. 누군가에게 이해받고 싶은 타입은 더욱. 나는 설명할 시간에 화해를 청한다. 누구든 타인을 이해시키지 않고도 자기편을 만들 수 있다. 단, 타인을 진심으로 위로해줄 수 있다면 말이다.

어린이집의 낮잠 시간이 돌아온다. 나는 아이들에게 이불을 덮어주며 차례로 자장자장 해준다. 단비는 자기 차례가 오기도 전에 벌써 자신의 배 위에 손을 얹고 자장자장 하고 있다. 그야말로 '혼자서도 잘해요'다. 우주가 단비의 손을 잡아당긴다. 자기 쪽으로 얼굴을 돌리고 자란 뜻이다. 우주는 유난히 외로움을 많이 탄다. 혼자 있는 거, 혼자 잠드는 거, 특히 혼자 밥먹는 걸 싫어한다. 그래서 이름이 우주인가보다. 그토록 넓으니 얼마나 외롭겠는가.

단비가 투덜댄다.

"하이 마. 하이 마. 어마테 일러."

단비는 역시 빠르다. 벌써 두 단어로 문장을 만들 줄 안다. 결이라면 "하지 마. 아빠한테 이를 거야"를 "압빠! 압빠!"라고 만 했을 거다.

단비가 이불을 박차고 일어선다.

"쉬이!"

오줌이 마렵단 뜻이다. 나는 급히 단비를 데리고 화장실을 향한다. 결이라면 먼저 기저귀에 싸고 나서 나를 향해 "무! 무!"(기저귀 갈아! 물로 씻겨줘!)라고 했을 텐데…… 결이의 빈 자리가 크다.

퇴근 무렵 결이네 집으로 전화를 한다. 결이 아버지는 전화를 받지 않는다. 핸드폰도 받지 않는다. 나는 결이의 생활기록부에 적힌 주소를 핸드폰에 저장하곤 어린이집을 나서서 결이네 집을 찾아간다. 결이는 어린이집에서 두 블록 떨어진 임대아파트의 맨 꼭대기 층에 살고 있다.

요즘 결이네 아파트는 뉴스에 자주 오르내린다. 철조망 때문이다. 결이네 아파트는 바로 옆 단지인 H아파트와 붙어 있다. H아파트가 들어선 다음에 임대아파트가 들어선 것이다. H아파트 주민들은 임대아파트와 이웃하기가 싫다고 철조망을 쳐놓았다. 또 임대아파트 아이들이 자기네 놀이터에 놀러 오지 못하게 철조망으로 막아놓은 것이다. 아파트값이 떨어질 것을 우려하여 미리 부동산에 내놓은 주민들이 있는가 하면,

임대아파트 아이들과 같은 학군인 것을 통탄하면서 위장전입으로 전학을 보낸 부모도 있다.

옆 단지만 질러가면 초등학교 가는 길이 5분 거리인데, 철조망 때문에 임대아파트의 초등학교 아이들은 돌아가느라 20분이 걸려 통학해야만 한다. 여기까지는 뉴스에 자주 오르내릴 이유가 없다. 이런 일은 결이네 아파트 말고도 전국의 아파트에 비일비재하니까. 문제는 며칠 전 누군가 철조망 위에 똥을 일일이 발라놓았다는 데 있다. 개똥도 아니고 사람 똥이라고.

H아파트 주민들은 흥분해서 들고 일어섰다. 그들은 결이네 아파트를 상대로 소송도 불사하겠다는 의지를 불태우고 있다. 그들은 임대아파트 입주민이 범인일 거라고 믿고 있다. 하나 심증은 많아도 증거가 없다. 법이 인정하는 증거란 물증이지 심증은 아니니까.

결이네 아파트 앞에 도착해서 벨을 누르고 한참을 기다리니 앞치마를 두른 결이 아버지가 나온다. 현관까지 고소한 죽 냄새가 풍겨온다. 오는 길에 죽집에 들러 버섯죽을 사온 것이 조금 민망해진다.

불청객을 탐문하는 표정으로 그가 묻는다.

"여기까지 어쩐 일로 오셨어요?"

"전화도 안 되고 걱정이 돼서요. 결이는 좀 어떤가요?"

"들어오시죠."

결이 아버지가 마지못한 듯 안으로 안내한다. 나는 방 두 칸에 좁은 부엌과 거실이 있는 아파트로 들어선다. 거실은 온통 책꽂이다. 책꽂이엔 시집과 동화책들이 빽빽하게 차 있다.

결이 아버지가 작은방의 문을 조용히 연다. 결이가 방에서 식은땀을 흘리며 자고 있다. 이틀 새 얼굴이 핼쑥해졌다. 나는 이불을 잘 덮어준 다음 결이 머리맡에 앉아 두 손을 모으고 눈을 감는다.

"지금 뭐 하는 겁니까?"

격앙된 결이 아버지의 어조에 놀라 나는 도로 눈을 뜬다. 그가 어조만큼이나 흥분한 얼굴로 나를 바라본다. 아, 결이 아버지가 무신론자일지 모르겠다.

"잠시 기도해도 될까요?"

나는 뒤늦게 양해를 구하듯 묻는다. 이 질문을 미리 했어야 했나보다.

그가 침묵한다. 그리고 한숨처럼 내뱉는다.

"기도라…… 하아……"

그가 강조하듯 묻는다.

"지금 기도라고 했습니까?"

"부담되시면 기도 안 해도,"

그가 내 말을 자른다.

"내 앞에서 기도란 단어, 입에 올리지 마요!"

"결이 아버님, 전 그런 뜻이 아니라,"

"누가 구원받겠다고 했어요? 당장 나가요!"

그가 내 등을 떠민다.

"결이 깨기 전에 나가요. 어서! 어디 내 집에서 감히 기도를……"

그의 어깨가 가늘게 떨린다. 그가 오버하고 있다. 자신의 약함을 알아달라고. 잠시라도 좋으니 좁은 어깨라도 빌려달라고. 지금 결이에게 필요한 것은 엄마고, 그에게 필요한 것은 위로라고.

인간은 약하다. 교회건 술집이건 점집이건 어린이집이건 언제 어디서든 위로를 필요로 한다. 나 역시 그렇다. 내가 타인에게 원하는 건 친절보다는 위로다. 친절은 진심이 아닌 경우가 많지만 위로는 진심일 때도 있기 때문이다.

"누가 구원받으래요? 하아, 꿈도 크셔. 이깟 기도 한 번으로 구원받으면 다들 줄 서게요?"

나는 화를 내며 일어선다. 이런 반응을 전혀 예상치 못했다는 듯 그의 얼굴이 빨개진다. 교사는 학부모에게 목청을 돋우면 안 된다는 법이라도 있다고 굳게 믿고 있는 사람처럼 말이다. 나는 당황하는 그를 거실에 홀로 남겨두고 돌아선다.

나는 신이 아니라서 공평하게 주고 안 주고, 주었다가 뺏고 할 수 있는 존재가 못 된다. 너에게 끝까지 줄 수 없다면 처음부터 주지 않겠다. 이 순간 이후 아무것도 주지 않겠다. 친절함도, 위로도, 기도도, 빵 한 조각도.

모처럼 쉬는 토요일이다. 아침 일찍 서둘러 어린이도서관으로 향한다. 쉬는 날에는 아이들을 위해 충전을 해두는 편이 낫다. 10시에 어린이집에 전화를 해보니 당직인 무지개반 선생님이 받는다. 그녀는 결이의 등원 소식을 전한다. 결이가 많이 회복되어 나왔다는 것이다. 다행이다. 기쁜 마음으로 서가에서 『무슨 일이든 다 때가 있다』라는 그림책 한 권을 빼든다. 전도서의 내용이 담긴 매우 시적인 책이다. 시인 테니슨도 전도서를 '고대와 현대를 통틀어 가장 위대한 시'라고 하지 않았던가? 대출해서 이번 주일 유치부 예배시간에 읽어줘야겠다.

책을 빌려 도서관을 나서는 순간 핸드폰이 진동한다. 발신 번호를 보니 어린이집이다. 예감이 좋지 않다. 급히 핸드폰을 받자 무지개반 선생님이 울먹이는 목소리로 말한다.

"은 선생님, 어쩌죠? 결이가,"

순간, 가슴이 쿵 내려앉는다.

"결이가 왜요?"

"아까부터 계속 울어서 안아주었는데 이제 보니까……"

무지개반 선생님은 지각병이 도진 듯 한참이나 말이 없다. 마구 재촉하자 겨우 본론을 꺼낸다.

"팔이 빠진 거 같아요. 한쪽 팔이 안 움직여요. 혹시 가까운 데 계시면 오실 수 있나요?"

하필 며칠 결석하고 나온 첫날에 팔이 빠지다니. 그것도 내가 없는 날에. 나는 어린이집을 향해 정신없이 달린다. 이 순간 도서관이 어린이집 근처에 있다는 사실이 너무나 다행이라 여겨진다.

어린이집 현관에 들어서니 울고 있던 결이가 날 보며 서럽다는 듯 "으앙—" 하고 더 크게 울어댄다. 무지개반 선생님이 죄인 같은 표정으로 말한다.

"잠깐 화장실 간 사이에 우리 반 애가 반갑다고 안아주었는데, 결이가 싫다 그러는데도 억지로 안다가 팔을 잡아당겼나 봐요."

결이를 안고서 급하게 택시를 잡아타고 가까운 병원을 향한다. 이럴 때를 대비해 내 차에 유아용 카시트를 미리 준비해놓아야겠다. 가까스로 마감 시간 직전에 병원에 도착한다. 토요일 오후라 그런지 병원엔 환자들이 붐빈다. 나는 접수를 받는 간호사에게 애원하듯 말한다.

"먼저 진료 좀 받으면 안 될까요? 아기가 너무 아파해요."

나는 '아기'라는 단어에 힘을 주어 말한다. 이럴 땐 '아이'보다는 '아기'라는 표현이 더 먹힌다. 마침 들어갈 차례가 된 아이의 어머니가 우는 결이를 힐끔 보더니 양보를 해준다. 다행히 항의하는 사람은 없다. '아기'라서 너그러운 마음이 생긴 모양이다. 나는 어머니에게 꾸벅 인사를 하고는 결이를 안고 진료실로 들어선다.

다행히 팔 끼워맞추기는 금세 끝이 났다. 결이의 울음소리도 뚝 그친다. 젊은 남자 의사가 갑자기 내 손을 와락 잡는다. 그리고 내 손등을 하늘이 보이는 방향으로 잡아당기며 말한다.

"이렇게 잡아당기면 팔이 쉽게 빠집니다."

이번엔 내 손을 뒤집어 손등을 땅이 보이는 방향으로 잡아당긴다.

"이렇게 잡아당겨서도 안 되지만, 어쩔 수 없다면 차라리 이렇게 잡으세요. 아셨죠?"

"네에."

"한번 팔이 빠지면 앞으로 더 자주 빠집니다. 아, 조심하면 안 빠지니까 걱정 마세요."

"네에. 감사합니다."

의사의 손에서 은은한 남성 전용 애프터셰이브 로션 냄새가 풍긴다. 어린 시절, 나는 아버지의 냄새가 이런 게 아닐까 막연하게 상상하곤 했다. 할 수 있다면, 이대로 그의 손을 잡은 채 일어나 5분만 춤을 추었으면 좋겠다. 할 수 없다면, 이대로 움직이지 말고 그가 내 손을 5분만 잡아주었으면 좋겠다. 이유는? 글쎄, 설명하긴 힘들다. 비단뱀은 종종 설명할 수 없는 일을 하는 걸 좋아하니까.

결이를 데리고 다시 어린이집으로 향한다. 결이는 언제 팔이 빠졌느냐는 듯 천진한 표정을 지으며 아랫도리를 가리킨다. '기저귀에 똥 쌌으니 빨리 갈아!'란 뜻이다. 나는 어린이집에 들어서자마자 결이를 데리고 화장실을 향한다. 그리고 결이의 기저귀를 벗기고 나서 엉덩이를 정성스레 따뜻한 물로 씻겨준다. 결이는 오늘따라 점심을 맛있게 먹은 후 금방 낮잠에 빠져든다. 고된 노동이라도 하고 온 듯 쌔액쌔액 숨을 쉬면서.

하원 시간이 다가온다. 갑자기 초조해진다. 결이 아버지에게 사실대로 말해야 하는데 누가 매를 맞아야 하지? 무지개반 선생님? 아님 담임인 나?

결이 아버지가 화내는 모습을 상상한다.

'그걸 왜 이제 말합니까? 아이가 팔이 빠졌으면 당장 전화를 했어야죠! 당장!'

혹은

'걱정된다고 집까지 찾아와 기도니 뭐니 난리칠 땐 언제고…… 며칠 만에 아이가 어린이집에 왔는데, 담임이란 작자는 도서관에서 한가하게 책이나 읽고. 궁금하지도 않았어요?'

나는 고개를 흔든다. 내가 매를 맞는 게 낫겠다. 담임인 내가.

어린이집의 시곗바늘이 토요일 하원 시간 3시 30분을 가리킨다. 괘종시계가 울린 것도 아니건만 가슴이 철렁 내려앉는다. 벨소리가 울린다. 드디어 그분이 오셨다. 결이 아버지가.

나는 결이의 손을 잡고 조르르 달려나가 어린이집 현관문을 연다. 팔이 빠진 걸 전화로 미리 알려주지 않았다고 화를 내면 뭐라고 대답하지?

나는 그의 눈치를 살피며 조심스레 말을 꺼낸다.

"낮에 결이가 팔이 빠졌었어요. 병원에 다녀와서 지금은 괜찮아요. 잘 놀고 밥도 잘 먹고 낮잠도 잘 잤어요. 죄송합니다."

내 말엔 대답도 않고 그가 묻는다.

"저녁에 시간 있어요?"

화낼 사람이 화를 안 내니 더 무섭다.

"왜요?"

퇴근 시간이 되자마자 무지개반 선생님이 부리나케 현관을 나선다. 그녀가 나가자 기다렸다는 듯 그가 말한다.

"소주나 한잔합시다."

그의 제안이 간결해서 맘에 든다. 지난번 일 사과 운운하면서 구태의연하게 식사 제안을 했다면 거절했을 거다.

"결이는 어쩌고요."

"혼자 좀 있으라 그러죠 뭐. 어차피 세상은 혼잔데."

"결이랑 같이 오세요. 저녁 사드릴게요."

만원인 주차장에 힘들게 주차를 하고 결이 아버지와의 약속 장소인 패밀리 레스토랑으로 들어선다. 나는 패밀리 레스토랑이라 써진 간판을 보며 픽 웃는다. 왜 가족도 아닌 그를 여기서 만나자고 했을까?

결이 아버지가 대기석 한 귀퉁이에 앉아 나를 기다리고 있다. 그가 나를 보자 자리에서 벌떡 일어나 자신이 앉아 있던 대기석을 내준다. 나는 자리에 앉으며 묻는다.

"결이는요?"

"옆집 아주머니가 봐주고 계세요."

"훌륭하다. 옆집 아주머니도 계시고."

"내가요? 옆집 아주머니가요?"

이 남자, 오랫동안 대화에 굶주렸구나. 말꼬리를 잡고 늘어진다. 나도 웃으며 말꼬리를 잡는다.

"두 분 다요. 전 애 봐줄 옆집 아주머니가 안 계세요."

"애가 있어요?"

"옆집 아주머니가 없으니까 당연히 없죠."

"옆집 아주머니도 결혼한 지 7년인데 아직 애가 없거든요. 결이를 이뻐해요."

"정말 감사하네요."

"원래 이웃은 잘 안 사귀는데 애가 있으니까 달라지더라고요."

정말 굶주렸군요. 수다맨 씨.

남자 직원이 내가 앉은 대기석으로 다가와 메뉴판을 내민다.

"미리 주문하시겠습니까? 곧 자리가 나거든요."

갑자기 결이 아버지가 와락 내 팔을 잡아끌며 벌떡 일으켜 세운다. 이 남자, 팔심이 세다. 이 순간 내가 결이였다면 또다시 팔이 빠졌으리라.

"나갑시다. 이런 덴 소화가 안 돼서."

그렇게 큰 소리로 말하지 않아도 되는데. 나는 황당하다는 듯 우릴 바라보는 직원을 뒤로하고 결이 아버지에게 이끌려 레스토랑을 나선다. 그리고 그를 따라 무작정 길을 걷는다. 잠시 후 그가 한 허름한 단골술집 안으로 들어선다. 그의 단골 술집이 아니라, 술집 이름이 '단골술집'이다. 어린이집 원장이 이 사실을 알게 된다면 펄펄 뛸 일이다. 젊은 여교사가 홀아비 학부모랑 단둘이 술집을 가다니요? 말이 됩니까?

그가 주인에게 산울림의 노래를 신청하더니 소주와 계란말이, 그리고 잔치국수를 시킨다. 그 앞에서 나는 술 한 방울 입에 대지 않는다. 그는 어디까지나 예의를 갖추어야 할 학부모니까. 게다가 이런 자리에서 술을 마시다가 내가 비단뱀으로 변해버리기라도 하면, 그가 얼마나 난감할 것인가.

이 술집은 조명이 침침한데다 의자가 몹시 불편하다. 등받이가 없는 딱딱하고 조그만 철제 의자. 수고하고 무거운 짐 진 자들은 결코 편히 쉴 수 없는 의자.

나는 고통은 즐기는 편이지만 불편함은 싫어한다. 이 의자를 의자라 부르는 건 다른 의자에 대한 모욕이다. 거구라면 또 얼마나 불편할 것인가. 아무래도 이 의자는 '유사 의자'나 '의자류' 혹은 '의자와 비슷함' 등으로 불리는 게 맞을 듯하다. 단골술집이란 이름도 주인이 지었겠지. 어울리지 않아. 단골은 손님이 정하는 건데.

취해가는 그가 내뱉듯 말한다.

"난 신 같은 건 안 믿어요."

"나도 안 믿어요."

"기도는 왜 해요?"

"신을 믿으니까요."

"장난쳐요?"

"신 같은 건 안 믿는다구요. 신을 믿지."

"하하하, 차라리 내 신발을 믿지 그래요? 자요, 튼튼해요."

그가 의자 밑으로 신발을 들이민다. 나는 그를 노려본다.

"왜 신을 무시해요?"

그의 목소리가 진지해진다.

"신은 없으니까."

"……"

"없으니까 무시해도 되잖아……"

그는 내게 고백처럼 말을 토해낸다. 결이 엄마는 결이를 낳은 지 한 달 만에 산후우울증으로 자살했다고 한다. 오늘에야 알았다. 결이 엄마가 자살한 것도, 자살의 이유도.

결이 엄마는 자살하는 날, 그에게 우울하다며 병원에 데려다달라고 했다. 그는 피곤하니까 그냥 자라고 했다. 우울하기로 말하자면 그도 그녀 못지않았다. 부부에겐 아이가 생기는 일이 마냥 기쁜 일만은 아니란 걸 알게 됐다. 게다가 그는 낮엔 직장에서 잘리지 않으려고 열심히 일하느라, 밤엔 우는 아기 때문에 잠을 설치느라 심신이 피곤했다. 결이 엄마는 하루 종일 아기가 우는 걸 참을 수 없다고 했다. 온종일 아기 울음소리가 환청으로 들리는 것 같아 더이상 견디지 못하겠다고. 하루 수십 번 젖을 물려야 하는 모유수유도 너무 힘들어서 1주일 만에 포기해버렸다. 그러곤 엄마 자격이 없다면서 계속 우울해했다. 결이 엄마는 차라리 결혼 전 다니던 직장에 다시 나가겠다고 했다. 그는 반대했다. 아기는 반드시 엄마가 돌봐야 한다는 게 그의 생각이었다. 그녀는 그럼 자긴 앞으로도 이렇게 계속 살아야 하느냐면서 울었다. 그가 화를 내며 말했다.

"모든 여자가 다 겪는 일을, 넌 참 유난 맞다."

그는 등을 돌린 채 잠이 들었고 결이 엄마는 한밤중에 사라졌다. 새벽에 경찰서에서 온 전화를 받지 않았다면 그는 결이 엄마가 한밤중에 사라졌다는 사실도 몰랐을 것이다. 경찰은 그에게 이렇게 전했다. 그녀가 달리는 차에 맨발로 뛰어들어 즉사했는데 와서 확인해보라고. 그는 자고 있는 결이를 이불째 들쳐업고 경찰서까지 뛰어갔다.

"신발이라도 신고 가지……"

그가 더이상 말을 잇지 못한다. 그는 결이 엄마와 아직 헤어지지 않았다. 정신적인 동거를 하고 있으니까. 그는 죽을 때까지 결이 엄마를 용서하지 못하겠다고 한다. 그전에 자기 자신을 더 용서하지 못하겠다고. 그래서 그녀를 용서하는 날, 자기 자신을 용서하게 되는 날, 진짜로 헤어질 거라고 했다.

결혼식 주례사에서 흔히 써먹는 말에 '죽음이 두 사람을 갈라놓을 때까지'란 말은 틀렸다. 어떤 죽음은 두 사람을 갈라놓지 못한다.

단골술집을 나서자마자 그와 헤어진다. 2차는 사양한다. 그는 자신이 한 말을 다 잊어달라고 부탁한다. 오늘 무슨 말을 했는지 기억이 하나도 나지 않는다고 어설픈 변명을 한다. 나는 알았다고 대답한다. 하지만 나는 기억력이 좋은 편이라 그의 말을 쉽게 잊을 순 없을 것이다.

"참, 드릴 게 있는데."

그가 쑥스러운 표정으로 가방에서 시집을 꺼내어 내민다. 나는 시집을 받아들며 제목을 본다.

한 슬픔이 다른 슬픔에게, 한설하 시집

"근무하는 출판사에서 낸 건데 시간 나면 읽어보세요."

시인이었구나. 당신.

그가 돌아서서 총총걸음으로 사라진다. 그의 뒷모습을 바라보며 중얼거린다. 한설하(雪夏). 그의 이름이다. 한여름의 눈.

돌아오는 길, 차안에서 FM을 튼다. 술집에서 들었던 산울림의 노래가 젊은 가수의 리메이크 버전으로 흘러나온다. 산울림…… 멤버 이름도 참 시적이었는데. 나는 우연의 일치라는 상투적인 단어를 떠올리며 픽, 웃는다. 그러곤 볼륨을 최대로 올린다.

무슨 일이든 다 때가 있고, 무슨 말에도 때가 있다. 당신은 말할 때가 되었다. 꽃에게든 새에게든 바람에게든 뱀에게든 누구에게든.

요한복음

주일이다. 아침 일찍 차를 몰고 '우리교회'로 향한다. 주일엔 하루종일 교회에 머문다. 유치부 교사를 맡고 있는데다 점심 시간엔 식당에서 자원봉사를 하기 때문이다. 사실 우리교회에서도 유치부보다 나이가 어린 영유아부를 맡고 싶었지만 우리 교회는 영유아실만 있고 아직 영유아부 교사는 없다. 영유아부 아이들 숫자가 적어서다.

유치부 예배시간에 얼마 전 도서관에서 빌려온 책을 아이들에게 읽어주고 나서 묻는다.

"질문 있는 사람?"

유치부 예슬이가 손을 든다.

"선생님도 마리아처럼 임신할 수 있어요?"

아이들은 집중도가 높다. 한 단어를 알게 되면 그 단어가 질릴 때까지 집요하게 써먹는다. 얼마 전에 예슬이는 '임신'이란 단어를 알게 됐다. 예슬이의 엄마가 동화책 『엄마가 알을 낳았대!』를 읽어주면서 알려주었다고 한다. 그래서 예슬이는 요즘 틈만 나면 임신이란 단어를 입에 올린다.

나는 웃으며 고개를 젓는다.

"아아니. 마리아처럼 임신하려면 하나님의 도움이 있어야 해. 하나님은 날 도와주진 못하실 거야."

"왜요?"

"오늘 배웠지? 무슨 일이든 때가 있다고. 지금은 때가 아니야. 때를 정하시는 건 하나님이거든."

예슬이가 이해가 간다는 듯 고개를 끄덕인다. 이번엔 찬빈이가 토마스 비타민을 집은 두 주먹을 불끈 내민다.

"내 주먹 안에 사탕이 있게, 없게?"

예슬이가 당장 면박을 준다.

"바보야, 사탕이 왼손 안에 있게? 오른손 안에 있게? 하고 물어야지. 사탕 집는 거 다 봤는데. 그리고 그건 사탕이 아니야. 비타민이지."

찬빈이가 곧 울음을 터트릴 것 같은 표정을 짓는다. 나는 찬빈이가 울기 전에 얼른 "왼손!"이라고 말해버린다. 비타민이 오른손에 있는 걸 알고 있어서다. 찬빈이가 의기양양한 표정으로 오른손을 내밀며 "오른손!" 하고 정답을 말한다. 기분이 좋아진 덕분에 찬빈이의 눈물은 쏙 들어간다. 나는 아이들에게 성탄절 때 성도 앞에서 발표할 노래와 율동을 가르치기 시작한다.

조금만 가르쳐도 잘하는 아이가 있고 아무리 가르쳐도 안 되는 아이가 있다. 눈에 띄려고 하는 아이가 있고 눈 밖에 나는 아이가 있다. 가령, 예슬이는 눈에 띄고 찬빈이는 눈 밖에 난다. 나는 이 부조화를 사랑한다. 그래서 아이들에게 하모니보다는 개성을 가르친다. 아니, 개성을 가르친다는 말은 틀린 말이다. 그냥 인도하고 장려한다고 하는 편이 낫겠다.

점심시간에 식당에서 배식봉사를 하는데 오늘따라 일손이 모자란다. 어제 한 신도가 교회에서 결혼식을 치렀는데 특별식으로 돼지고기보쌈을 준비했기 때문이다. 청첩장을 받았지만 참석하지 않았다. 나는 교회에서 유치부 이외 다른 신도들과의 적극적인 교제는 사양한다. 깊은 관계로 발전시킬 자신이 없으면 형식적인 관계마저도 처음부터 포기하는 게 낫다. 마지못해 형식적인 관계를 시작하면 나중에 반드시 형식적으로 끝나게 마련이니까.

청년부이자 성가대 지휘자인 요한이 두 팔을 걷어붙이며 도움을 자청한다. 요한은 교회 담임목사 아들로 군대를 다녀온 신학대학 복학생인데 나보다 두 살이 어리다. 한마디로 요한은 교회에서 인기짱이다. 요한은 청년부는 물론 중고등부 자매들의 사랑을 한몸에 받고 있다. 어쩜 그를 남몰래 사랑하는 형제도 있을지 모르겠다. 어쨌거나 요한은 고등학교 때 하이틴 잡지의 모델을 했을 정도로 인물이 잘빠졌다. 노래 잘하지, 기타 잘 치지, 목사 아버지를 둔 덕에 신앙심은 기본이지.

은근히 목사 사모 자리를 꿈꾸는 자매라면 누구나 요한을 탐낼 것이다. 그러나 이처럼 든든한 배경을 지닌 요한 같은 형제들은 대부분 두 가지 중 한 가지 길로 빠진다. 부모님의 뜻에 따라 금욕주의자가 되거나 자신의 뜻을 따라 쾌락주의자가 되거나. 요한은 후자 쪽이다. 자신의 배경과 인물을 믿고 틈만 나면 여자들에게 작업을 건다. 나도 그의 작업 대상에서 예외는 아니다.

요한과 나란히 서서 접시에 상추와 보쌈김치를 담는다. 그리고 테이블마다 올릴 새우젓을 작은 종지에 떠놓는다. 요한이 나를 보며 말한다.

"난, 나만 바라보는 여자들은 관심 없어. 내가 바라보는 여자에게 관심 있지."

"그게 아니라 모든 여자겠지. 강요한복음 1장 1절."

"히이, 들켰네. 나 지금 어디 보고 있게?"

오늘은 대꾸해주기가 귀찮다. 가뜩이나 새우젓 냄새로 짠 기운이 가득한데 젖비린내 나는 요한의 농담을 일일이 받아줄 기분은 아닌 것이다. 내 기분이야 어쨌건 요한의 시선이 아까부터 내 목 언저리에 머물러 있다. 사람들이 말하길 내 목은 희고 가는데다 길어서 눈에 잘 띄는 편이라고 한다. 하지만 나는 내 목에 대해서 그다지 깊게 생각해본 적은 없다. 그러니까 내 목에 대해 어떤 견해도 편견도 지니고 있지 않다. 그것은 목뿐 아니라 내 몸의 다른 어떤 부분에 대해서도 마찬가지다.

요한이 재촉하듯 묻는다.

"나 지금 어디 보는 줄 아냐고?"

"너 여기가 어딘 줄 알아?"

"누나 목 엄청 길다. 별명이 사슴 맞지?"

"목사님이 너 이러는 거 아셔?"

"모르지. 등잔 밑은 원래 어둡잖아."

신도들이 식사하고 떠난 자리를 정리하고 나서 요한과 늦은 점심을 먹는다.

"누나, 신앙상담 좀 해줘."

"내가 왜? 너희 아버지가 목사님인데."

"중이라 자기 머린 못 깎는대."

"교회에서 하필 스님 비유니?"

"뭐 어때? 여기 새우젓도 있는데."

요한이 젓가락으로 돼지고기를 집어 새우젓에 찍어먹으며 말한다.

"난 왜 돼지를 새우젓에 찍어먹는지 모르겠어. 돼지랑 새우랑 아무 관계도 없는데."

"전생에 원수였나보지. 서로 못 잡아먹어서 안달난."

요한이 내 얼굴을 빤히 본다.

"누나, 교회 다니면서 전생을 믿어?"

"너 웃기려고 한 말인데, 재미없니?"

요한이 수저를 내려놓는다.

"아니. 재밌어. 이따 커피 사줘. 재밌는 얘기 더 듣게."

"난 커피 안 사 먹어."

"왜?"

"그 돈 있으면 밥 사 먹겠다."

"그럼 집에 초대해줘. 집에서 밥해주고 커피 타줘. 됐지?"

"싫어."

"심방 간다?"

"네가 왜?"

"목사 아들이잖아."

나는 대답하지 않는다. 요한이 재촉한다.

"간다?"

"안 돼."

"미스터리야. 교회에서 누나 집에 심방 간다 그러면 무조건
안 된다고 한다며? 집에 동거하는 남자라도 있어?"

요한은 늘 바보 같은 질문으로 상대에게 성실한 답변을 강
요한다. 강요한복음 1장 2절.

"있어."

"누군데?"

"예수님."

요한이 픽 웃는다. 순간 청년부 가희가 식당으로 내려와 요

한을 부른다.

"오빠! 성가대 연습 시작한대요."

가희가 내게 눈인사를 한다. 가희의 눈빛은 질투하는 자의 눈빛이다. 가희도 요한을 좋아하고 있는 것이다. 왜 아니겠는가?

그녀는 우리 교회 장로와 권사의 딸로 피아노를 전공하는 음대생이다. 교회에선 성가대의 피아노 반주를 맡고 있다. 가희에 대해 한마디로 말하자면 '참하고 참하니 모든 점이 참하도다' 하고 노래라도 불러주고 싶은 참한 성도다. 가희는 연로하신 장로님이 애지중지하는 늦둥이 외동딸이다. 장로님이 마흔다섯에 가희를 보았으니 딸이 들어갈 만한 주머니가 있다면 넣고 다녔을 법하다.

장로 부부는 가희가 세 살 무렵, 음악적 재능을 발견한 이후 쭉 피아노를 가르쳤다고 한다. 그들이 딸의 재능을 발견한 경로는 이렇다. 가희는 유아세례를 받던 날, 교회에 있는 피아노를 보곤 몸부림을 치며 건반을 향해 손을 뻗었다고. 장로님이 딸을 피아노 의자에 앉히자, 딸은 손가락으로 건반을 땡땡 쳐대며 좋아했다. 성가대 연습 시간이 다가오는 바람에 억지로 피아노 의자에서 내려와야 했던 딸은 피아노를 바라보며 서럽게 울어댔다. 그 순간 장로 부부는 결심했다고 한다. 기둥뿌리가 뽑히는 한이 있어도 딸에게 평생 피아노를 가르치기로. 이후 십수 년간 장로 부부는 딸의 피아노 레슨비를 마련하느라

할 수 있는 일은 다 했다. 장로 부부는 딸이 장차 피아니스트라도 되는 줄 알았겠지만 가희는 일찌감치 깨달았다. 자신에겐 타고난 음악적 재능도 열정도 없음을. 뒤늦게 깨달은 건 장로 부부였다.

얼마 전 가희는 피아니스트에서 목사 사모로 꿈을 궤도 수정했다. 장로 부부는 기다렸다는 듯 딸의 꿈에 대한 열렬한 응원자이자 지지자로 나섰다. 그들 가족 일동은 요한을 주목하기 시작했다. 그들은 요한이 목사의 길을 걸을 것이라 굳게 믿고 있다.

목사 아들이 목사가 된다고? 유전자 법칙에 따른 순진한 믿음이니 거기에 찬물을 끼얹을 마음은 없다. 또 신학생인 요한이 목사가 되지 말란 법은 없으며 가희가 그와 결혼하지 말란 법도 없다. 다만 나로 인한 불필요한 질투로 시간 낭비는 하지 말길 바란다. 나는 요한과 잘될 마음이 추호도 없으니까.

우리 교회엔 부자가 꽤 많다. 교회 이름이 '우리교회'인 우리 교회는 헌금이 그럭저럭 잘 걷힌다. 십일조와 주정헌금, 건축헌금을 제때 척척 내는 알짜배기 신도들과 감사헌금을 시도 때도 없이 갖다바치는 무명씨들 덕분인지 알 순 없지만 담임목사는 체어맨을 타고 다닌다. 교회가 하나의 기업이라면 우리 교회 담임목사인 강대상 목사는 CEO라 불러도 손색이 없어 보인다.

학계, 재계, 정계에 다리를 걸쳐놓은 강 목사의 로비 덕분에 우리 교회는 상가건물에서 지금의 주택단지 부지로 옮겨왔다. 규모가 너무 커졌기 때문이다. 규모가 커진 만큼 많은 문제도 불거져나왔다.

내가 이 교회를 계속 다니게 된 첫번째 이유는 어느 교회를 가든 신이 계신다는 믿음 때문이다. 문제는 언제나 사람이지 신이 아니다. 게다가 신은 문제가 많은 교회를 더 자주 들여다보시지 않겠는가?

두번째 이유는 부자들이 많기 때문인데, 이 말은 내가 부자를 좋아한단 뜻이 아니다. 부자들은 대부분 부르주아들이고, 나는 부르주아를 남의 말을 잘 안 듣는 자들, 다시 말해 자기 얘기만 하는 자들, 편견과 고정관념에 사로잡힌 자들, 적과 친구를 구별 못하지만 친구가 대부분 적인 자들, 그리고 죽었다 깨어나도 어린 시절의 순수함으로 되돌아갈 주제가 못 되는 어른들이라고 생각한다.

부르주아들에게 내가 비단뱀이란 걸 어떻게 설명할 수 있겠는가? 설령 설명할 기회가 온다 해도 그들은 내 얘기를 안 믿을 게 뻔하니까. 그러면 나는 비단뱀으로 계속 살아가는 데 지장이 없으리란 판단을 했기 때문이다.

고단한 하루였다. 방으로 돌아와 피곤한 육신을 눕힌다. 역시 내 쉴 곳은 내 방뿐이다. 나의 전용객실 1호실은 싱글룸이고 나 이외의 손님은 아무도 들어올 수 없다.

객실 1호실엔 싱글 침대와 작은 화장대, 동화책으로 가득한 책꽂이, 미니 테이블과 간이의자, 작은 옷장이 있다. 나의 객실엔 텔레비전이 없으며 책상은 미니 테이블로 대신하고 있다. 테이블엔 성경책이 올려져 있고 침대머리 쪽 벽에는 십자가에 매달린 예수상이 있다. 예수상은 벽에 걸 수도 있고, 바닥에 놓거나 테이블 위에 올릴 수도 있고, 가방에 넣어 가지고 다닐 수도 있다. 즉 어디든 옮겨다닐 수 있다. 나는 예수가 내 방에서 나만을 기다리고, 그리워하고, 나만을 바라보길 원하지는 않는다. 예수는 나만의 예수가 아니라 모두의 예수님이기 때문이다.

예수의 매력은 '네 이웃을 네 몸과 같이 사랑하라'라는 상투적 전언에 있지 않다. 오히려 그가 자기 몸을 내던져가며 우리를 위해 겪은 고통에 있다. 세상엔 똑같은 고통은 없고 비슷한 고통이 있을 뿐이지만 그가 겪은 고통은 세상의 어떤 고통과도 닮지 않았다. 그의 고통을 '사랑한다'고, 나는 감히 말하지 못한다. 차라리 이렇게 말하겠다. 온 힘을 다해 그의 고통을 '닮고 싶다'고.

새벽바람이 창을 통해 들어와 내 살갗을 때린다. 나는 잠에서 깨어난다. 창문을 조금 열어놓은 것도 모르고 잠이 든 것이다. 미열이 느껴지는 이마를 짚어보며 침대 밑에 버려진 이불을 바라본다. 자면서 아이처럼 발로 이불을 차버린 것이다. 콧물이 난다. 체온이 더 올라갔다. 맙소사. 피서지에서 감기에 걸리다니…… 그것도 피서지 객실에서 말이다.

어린이집 교사는 감기에 걸려선 안 된다. 아이들에게 금방 옮기기 때문이다. 나는 옷장에서 마스크를 찾아 단단히 쓰고 일찌감치 출근한다.

어린이집에 가장 먼저 출근해서 환기하고 실내 온도를 맞추고 화분에 물을 준다. 아침을 굶고 일찍 등원하는 아이들의 샌드위치도 미리 준비해왔다. 아이들이 오늘따라 내게 "엄마, 엄마"를 불러댄다. 가슴이 뭉클해진다. 한번도 불러보지 못했지만 수백 번 들어본 이름. 내가 엄마 소리를 들을 자격이 있는지 모르겠다. 단비 어머니가 옆에 있었다면 이랬을 거다.

"선생님은 늘 엄마 같은 마음으로 아이들을 돌보니까 충분히 자격 있어요."

결이 아버지라면 이랬을지도 모르겠다.

"결이가 어느새 엄마란 단어를 알고 있더군요. 학기초에 그렇게 부탁했는데 이래도 되는 겁니까?"

받기만 하는 사람이 있는가 하면, 주기만 하는 사람이 있다. 난 엄마란 말을 듣기만(받기만) 했을 뿐, 한 적은(준 적은) 없다. 앞으로도 평생 줄 일이 없을 것이다. 그래서 인간이란 공평하지도 평등하지도 못한 존재인 것이다. 그래서 신이 못 되는지도.

오후가 되자 열이 점점 더 오르고 콧물까지 줄줄 흘러내려 나는 강제 조퇴를 당한다. 아이들에게 감기를 옮길까봐 우려

한 원장의 특별 지시다. 내게 조퇴는 어린이집 근무 이후 처음 있는 일이다. 조명애 선생님이 끝까지 남아 초록반 친구들을 돌봐주기로 했다. 조 선생님이 걱정스러운 표정으로 말한다.

"여긴 걱정 말고 가서 푹 쉬어."

조 선생님이 친고모처럼 웃어준다. 덕의도 저축해놓을 일이다. 이자가 쌓인다. 조 선생님은 마지못해 퇴근하는 내 표정을 보며 세차게 등을 떠민다. 어쩔 수가 없다. 내가 아니라 아이들을 위한 거니까.

어린이집을 나서서 차를 몰고 곧바로 PC방으로 향한다. 아이들을 위해선 객실로 돌아가 쉬는 게 순리겠지만 나의 몸은 종종 휴식이란 단어를 잊는다.

나는 컵라면과 땀냄새가 퀴퀴하게 밴 PC방 한쪽 구석자리에 앉아 인터넷서핑을 하면서 류준수의 명함에 적힌 주소를 검색한다. 그러곤 류준수 회사의 약도를 메모지에 상세하게 옮겨 적은 다음 주머니 안에 넣고 자리에서 일어선다. 나는 PC방을 나와 주차장으로 내려간다. 아직 내비게이터를 장만하진 못했다. 이달 월급을 타도 내비게이터 장만은 불가능하다. 남자의 수입에 의존하지 않고 혼자 사는 직장여성은 늘 적자다. 갚아야 할 할부금과 카드 대금이 쌓여 있기 마련이니까. 물론 핸드폰으로 검색해서 길을 찾아가도 되겠지만 중간에 전화나 문자가 오기라도 하면 낭패다.

강남 테헤란로에 있는 류준수의 영화사까지 찾아가는 덴

두 시간이나 걸렸다. 길이 막힌 탓도 있지만 길치인 탓이 더 크다. 지하에는 서점과 식당가가, 1층에는 카페와 은행이 있는 16층짜리 건물의 12층 한 층 전체가 그의 영화사다. 나는 건물 지하주차장에 주차하고 차안에서 옷을 갈아입기 시작한다. 내 차는 창문마다 짙게 선팅이 되어 있어 밖에선 안이 잘 보이지 않는다. 특히 이런 지하주차장에선.

오늘의 의상은 스트라이프 니트에 스키니 블랙진이다. 나는 여자 화장실에선 옷을 갈아입지 않는다. 그것은 여자 화장실에서 담배를 피우는 것만큼이나 궁색하게 여겨진다. 옷을 갈아입는 행위는 나만의 은밀한 행위다. 그래서 나만의 행위를 공적인 장소에선 하기 싫은 것이다. 나는 옷을 갈아입고 나서 화장을 하기 위해 백미러의 방향을 얼굴 쪽으로 돌린다. 색조화장은 하지 않는다. 대신 내추럴메이크업에 컬러렌즈를 끼고 긴 속눈썹을 붙인다. 마지막으로 승마 모자를 눌러쓰고 스퀘어 슈즈로 갈아 신는다. 그리고 차에서 내린다.

엘리베이터를 타고 로비에 도착해서 류준수의 사무실로 전화를 한다. 지나가는 사람들이 내 얼굴과 옷차림을 번갈아 흘금거린다. 사람들이 수군댄다. 그 내용이 무엇인지 궁금하진 않다. 나는 그들의 관심에 무관심하다. 타인이 타인에게 지니는 관심이란, 다른 관심의 대상이 나타날 때까지만 유효하다. 지금 내게 대한 그들의 관심도 몇 초만 지나면 공중분해될 무의미한 것이다.

전화를 받은 비서는 류준수가 자리에 없다고 한다. 외근중이니 핸드폰을 하라고, 그는 밖에서 곧장 퇴근할 거라고 한다. 비서는 친절하지만 사무적이다. 나는 명함에 적힌 대로 그에게 핸드폰을 한다. 그는 전화를 받지 않는다. 모르는 번호는 받지 않는 타입인가보다. 나는 건물을 나서며 그의 명함을 미련 없이 찢어버린다.

나만의 객실로 돌아오는 데도 거의 두 시간이 걸렸다. 내겐 처음 간 길을 되돌아오는 길도 처음 가는 길 같기는 마찬가지다. 돌아오자마자 햇반과 김, 편의점의 일회용 김치로 저녁을 먹는다. 식사를 주문할까 했으나 이 호텔은 1인분만 주문하는 걸 싫어한다. 식사 후 물과 함께 아스피린 두 알을 삼킨다. 내가 감기에 걸려도 병원을 찾지 않는 이유는 피서지에 와서까지 환자 행세를 하며 병원이나 들락거리는 호들갑을 떨기 싫어서다. 사실 초저녁부터 호텔 객실의 싱글 침대에서 뒹굴며 모처럼 한가한 시간을 보내는 것도 생각보다 나쁘진 않다.

휴지통을 침대 밑에 가져다놓고 크리넥스로 연신 콧물을 닦아낸다. 나는 침대에 엎드린 채 머리맡에 얌전하게 모셔놓은 한설하의 시집을 바라본다. 그동안 그의 시집을 읽고 싶은 걸 참았다. 너무나도 읽고 싶었지만 그럴수록 참은 것이다. 사실 겁이 났다. 읽고 나서 그의 시가 평범해서 맘에 들지 않는다면? 아니 너무나 맘에 들어 교사로서 학부모를 대하는 지금의 내 태도가 달라진다면? 나는 이 모든 경우의 수가 두려웠다.

드디어 그의 시집을 펼친다. 그리고 그의 시를 소리 내어 읽는다.

한 슬픔이 다른 슬픔에게
故 기형도 시인에게
한설하

이승에서의 사랑이 싫어
천사와 사랑하러 저승으로 가는구나

그의 시를 읽고 나서 조금 안도한다. 내가 우려한 경우의 수는 일어나지 않으리란 일종의 안도감. 나는 시집을 덮는다. 순간 기다렸다는 듯 핸드폰이 울린다. 액정 화면에 모르는 번호가 찍힌다. 모르는 번호라도 나는 전화를 받는 쪽이다. 예기치 못한 특별한 일이 생길지도 모르니까. 비단뱀의 특성은 예상하지 않았던 낯선 일, 특별한 일을 찾아 나서는 걸 좋아하니까.

고음의 사내가 전화기에 대고 묻는다.

"아까 전화하셨죠? 누구세요?"

목소리의 주인공은 약간은 신경질적이다. 낮에 자신의 명함이 버림받았다는 사실을 알고 있기라도 하다는 듯.

청담동의 와인바에서 두번째로 류준수를 만난다. 먼저 도착한 그가 와인을 마시고 있다. 나는 그의 옆자리로 가 스윽 앉는다.

오늘 그의 의상은 캐주얼하다. 적당히 물 빠진 청바지에 오렌지색 스웨터. 외근을 했다더니만 영화사 직원의 의상은 자유로운 편인가보다.

와인잔이 내 앞에 놓인다. 그가 내게 와인을 따라준다. 나는 와인의 이름을 묻지 않고 그는 건배를 제안하지 않는다. 어차피 목만을 축일 예정이다. 갈증이 해소될 정도로 아주 조금만.

와인잔을 내려놓으며 그가 아쉬운 표정으로 말한다. 그날 그렇게 헤어지고 나서 내 전화를 계속 기다렸다고. 그리고 내 전화번호를 묻지 않은 것을 후회했다고.

나는 가볍게 원망하는 어조로 말한다.

"낮에 그쪽 직장에 갔었어."

"왜?"

"놀래주려고. 스키니 블랙진에 컬러렌즈를 하고 속눈썹을 붙였거든."

그는 별로 놀라지 않는다.

"그걸 보여주려고 왔단 말이야? 거기까지?"

"승마 모자에 스퀘어 슈즈까지 신었다구."

이번에는 좀 놀란 기색이다. 눈이 동그래진 그가 묻는다.

"정말?"

나는 고개를 끄덕인다. 그가 다시 묻는다.

"나 좋아하니?"

나는 고개를 젓는다.

"아니."

그가 내 손을 잡는다.

"그럼 하러 가자."

"오늘 하면 옮을 텐데…… 그래도 좋아?"

"에이즈라면 사양할게. 죽기엔 너무 젊잖아."

우리는 연인처럼 손을 잡고 러브호텔로 들어선다. 마음이
놓인다. '연인처럼'은 연인과 흡사한 것이지 연인은 아니니까.

룸에 들어서자 지난번과 똑같은 격렬한 벽치기가 시작된다.
지난번보다 옷을 벗는 속도가 조금 빨라졌을 뿐 달라진 것은
없다. 이것도 습관이야. 나는 생각한다. 습관이 반복되면 떠나
야겠다고.

우리는 침대에 눕는다. 나는 그에게 딥키스를 한다.

"감기거든."

나는 팔다리로 그의 온몸을 칭칭 휘감는다. 그가 전율한다.
나는 아아— 하며 신음소리를 내는 그의 입을 틀어막으며 비
단뱀 소리를 낸다.

"쉬쉬쉬잇—"

잠시 후 그가 상기된 표정으로 묻는다.

"만날 때마다 하잖아. 이런 걸 뭐라고 할까?"

나는 건조하게 답한다.

"묻지 마 섹스."

그가 묻는다.

"이름, 물어도 돼?"

"헤이."

"헤이? 이름 좋다. 부르기 편해."

*

야외 현장학습이 있는 날이다. 킨텍스에 다녀온 아이들이 약속이나 한 듯 단체로 곯아떨어진다. 나는 부리나케 초록반 아이들의 일일연락장을 적는다. 하원 시간 전까지 '꿈동산소 망 소식지'를 만들어야 하기 때문이다. 결이의 일일연락장에 소식지를 접어 끼워넣는다. 메모지와 함께.

토요일, 학부모 개별 상담 있음

시간: 저녁 7시

장소: 그때 그 집

단비가 낮잠에서 깨어나자마자 쉬가 마려운 듯 화장실을 가리킨다. 단비를 데리고 화장실에 가려는데 단비가 참지 못 하고 팬티에 오줌을 지린다. 당황한 단비의 눈에 이슬이 맺힌 다. 이어 완벽주의자의 눈에서 분한 듯 눈물이 떨어진다.

나는 단비를 달래어 겨우 진정시킨 뒤 화장실에서 소변을 마저 보게 한다. 그리고 교실로 들어와 여벌 팬티를 찾는데 낮잠에서 깬 결이가 단비에게 혀를 쏙 내밀며 "메롱!" 한다. 결이가 오늘 처음으로 메롱이란 단어를 발음했다. 아는 단어 수가 하나 더 늘은 것이다. 하지만 이 상황은 결이가 혼나야 할 상황이다. 오줌을 지린 단비에게 수치심을 느끼게 했으니 말이다.

눈 깜짝할 사이에 단비가 결이 얼굴에 손톱자국을 만든다. 결이가 으앙, 울음을 터뜨린다. 단비가 메롱!을 되돌려준다. 결이의 울음소리가 더 커진다. 단비는 한번 더 메롱을 하며 복수에 쐐기를 박는다. 이번엔 단비를 혼내야 할 상황이 된다. 나는 결이와 단비를 나란히 세워놓고 서로에게 사과하라고 명령한다. 아직 말로 사과를 할 순 없으므로 서로 껴안으라는 시늉을 해보인다. 나의 화해 요청에 둘은 마지못한 듯 포옹을 한다.

나는 얼른 상처 밴드를 가져와 결이의 얼굴에 붙여준다. 밴드 덕분에 결이의 기분이 좋아진다. 아이들은 밴드 붙이는 걸 재밌어한다. 밴드를 뗐다 붙였다 하는 일은 스티커 붙이기 놀이와 흡사하니까. 다행히 결이의 상처는 오래가지 않겠다. 단비 어머니의 깔끔한 성격 덕분에 단비 손톱은 아무리 세워도 친구 얼굴에 큰 상처를 남기지 못할 만큼 늘 단정하게 깎여 있으니 말이다.

야외 현장학습이 있었던 탓에 오늘따라 아이들이 일찍 하원한다. 오늘도 나는 가장 늦게 퇴근하지만.

어린이집을 나서며 현관을 보안경비시스템으로 돌리는 순간 누가 뒤에서 "누나!" 하고 부른다. 깜짝 놀라 나도 모르게 "엄마!"를 외친다. 이렇게 어이없는 실수를…… 있지도 않은 엄마를 부르다니. 나는 낭패한 듯 뒤를 돌아본다. 요한이 빙그레 웃으며 서 있다.

"뭐야, 놀랬잖아."

"애걔, 반응이 겨우 그거야?"

"여긴 웬일이야?"

"집으로 찾아가려 했는데 교인 주소록에 누나 주소가 없더라구. 주소는 왜 안 적어놓은 거야?"

"주소는 처음부터 없었어. 집이 없거든."

"암튼 미스터리라니까."

요한이 피식 웃고 나서 아이처럼 보챈다.

"나 추워. 따뜻한 거 사줘."

"일단 밥이나 먹자."

나는 요한을 어린이집 근처의 분식집으로 데려간다. 물론 나의 단골집은 아니다. 나는 단골을 정해놓고 밥을 사 먹을 주제가 못 된다. 메뉴판을 보며 객실 1호실에선 주문할 수 없는 된장찌개를 시킨다. 요한도 나를 따라 된장찌개를 주문한다.

잠시 후 부글부글 끓어오르는 된장 뚝배기 두 개가 테이블 위에 놓인다. 요한과 나는 잽싸게 수저를 집곤 미친 듯 된장찌개를 먹기 시작한다. 뚝배기의 바닥이 드러날 때까지 우리는 서로 아무 말도 하지 않는다. 된장찌개를 정신없이 목구멍으로 넘기느라 대화할 여유도 없는 것이다. 마치 된장찌개를 먹기 위해 만난 것처럼 우리는 밑반찬을 집어먹는 것도 잊고 오로지 찌개에만 몰두한다.

사실 요한이나 나나 엄마가 만들어준 된장찌개를 먹어본 적이 없다. 나는 엄마가 없고, 요한의 엄마는 교회 일로 늘 바빠 아들에게 된장찌개를 끓여줄 여유가 없으니까.

자신의 몫을 다 먹어치운 요한이 수저를 쪽쪽 빨며 내 뚝배기를 넘본다. 그리고 내 뚝배기 바닥에 깔린 된장찌개의 마지막 한 숟갈을 맛있게 닥닥 긁어먹는다. 그제야 수저를 내려놓는 요한을 보며 나는 인상을 찌푸린다.

"더럽다."

"나 원래 더러워."

"그런데 교회에서 깨끗한 척은 혼자 다하고?"

"교회니까."

요한, 척하는 건 나도 마찬가지야. 난 비단뱀이거든.

"누나, 내가 요한복음에서 어떤 구절을 제일 좋아하는지 알아?"

나는 찬송가로 답한다.

"하나님이 세상을 이—처럼 사—랑하사— 독생자를 주셨으니 누구든지 그를 믿으면 멸—망하지 아않고, 영—생을 얻으리로다. 요한복음 3장 16절."

나는 찬송가를 마치며 요한에게 묻는다.

"아냐?"

요한이 고개를 젓는다.

"아니야."

"그럼 뭔데?"

"누나, 노래 잘하는데? 왜 성가대는 안 해?"

거긴 어른들 모임이잖아. 난 아이들 모임에만 가입해. 속으로 이렇게 대답하곤 요한에게 다시 묻는다.

"그럼 뭐냐고?"

"너희는 세상에서 시련을 당할 것이다. 그러나 용기를 내어라. 내가 세상을 이겼다. 요한복음 16장 33절 말씀이야."

요한에게 이런 면이 있었구나. 요한, 너의 시련은 무엇이니? 네가 세상에서 당한 시련은.

요한이 말을 잇는다.

"그중에서도 난 이 구절이 제일 좋아. 그러나 용기를 내어라."

그리고 혼잣말처럼 되씹는다.

"그러나 용기를……"

요한의 눈에 이슬이 맺힌다.

"예수님이니까 이겼겠지?"

나는 대답하지 않는다. 어설픈 위로는 금물이다.

분식집을 나서자 요한이 2차를 가자고 붙든다. 나는 고개를 젓는다. 이 시간 이후 요한의 신세타령은 부록이 될 테니까. 나는 따라오겠다는 요한을 정류장으로 바래다준다.

"잘 가라."

요한이 기다리던 버스에 오르지 않고 정류장에 계속 서 있다. 엄마 없는 하늘 아래. 별도 보이지 않는 컴컴한 밤하늘 아래.

나는 주차장을 향하면서 그에게 소리친다.

"야, 지금 보니까 너 꽤 멋지다! 용기를 내!"

내 말에 금방 용기를 얻은 요한이 나를 따라온다. 나는 주차장을 향해 달린다. 그리고 세워놓은 차에 올라 재빨리 시동을 걸고 출발한다. 요한이 차를 따라 달린다. 나를 따라. 나는 속력을 낸다. 요한이 점점 멀어진다.

강 같은 평화

　오늘이 할머니의 기일인 걸 깜박했다. 함께 당직 근무를 한 사슴반 선생님이 퇴근한 뒤에도 어린이집에 혼자 남아 일을 했기 때문이다. 사실 사슴반 선생님과 신경전이 좀 있었다. 퇴근 시간이 되자마자 청소 당번인 사슴반 선생님이 청소도 안 하고 그냥 가버린 것이다.

　사슴반 선생님은 오늘이 토요일이라 등원한 아이가 별로 없어 교실이 더러워지지 않았다며 좋아했다. 게다가 오늘은 원장도 없으니 청소를 안 해도 되지 않느냐고 오히려 내게 반문했다. 누가 안 본다고 청소를 안 하다니. 누가 안 본다고 세수도 안 하겠군. 누가 안 보면 똥 싸고 밑도 안 닦겠어.

　나는 항상 아이들이 모두 하원한 뒤에 청소기를 돌린다. 다른 선생님들은 조금이라도 일찍 퇴근하려고 아이들의 하원 시간에 맞춰 그전에 청소기를 돌리지만 나는 절대 그러지 않는다. 청소기를 돌릴 때 나오는 공기는 몸에 안 좋을뿐더러 거기서 뿜어나오는 미세먼지는 기관지가 약한 아이들에게 천식의 원인이 된다고 들었기 때문이다. 그래서 사슴반 선생님과 아이들이 전부 가고 난 뒤에 청소를 하고 나서 홈페이지에 올릴 사진들을 업데이트하느라 시간 가는 줄도 몰랐다.

어린이집 벽시계를 보니 어느새 바늘이 7시 30분을 넘어서고 있다. 나는 벽시계가 망가진 게 아닐까 화들짝 놀라며 손목시계를 본다. 두 개의 시계가 가리키는 시간은 똑같다. 나는 속으로 투덜댄다. 은해이, 너 뭐니, 토요일인데 평일 퇴근 시간하고 똑같잖아. 어린이집에만 오면 시간 가는 줄 모르겠니?

지금 서둘러 단골술집으로 간다 해도 8시는 넘을 것이다. 한설하와의 약속 시간은 7시인데. 114에 전화를 걸어보니 단골술집은 전화번호가 나와 있지 않다. 아마, 그는 나오지 않을 거야. 계속 날 피하고 있잖아. 나는 그가 나오지 않을 거란 쪽으로 애써 생각을 모은다.

객실로 돌아와 추도예배 준비를 하다가 그에게 핸드폰을 하면 되었을 텐데 하는 생각이 갑자기 떠오른다. 핸드폰을 놔두고 단골술집의 전화번호를 알아낼 생각만 했다. 균형감각이 없는 탓이다.

테이블 앞에 앉아 혼자서 추도예배를 드린다. 내겐 부모도 형제도 연락할 친척도 없으니 혼자 추도예배를 드릴 수밖에 없다. 이제껏 그래왔듯 말이다. 할머니의 사진을 테이블에 올리고 그 앞에 성경책과 찬송가를 가지런히 놓는다. 그러곤 무릎을 꿇고 눈을 감은 다음 할머니를 위한 기도를 시작한다.

생전에 할머니는 치매에 걸리기 직전까지 건물을 청소하는 일을 하셨다. 그리고 그 일로 나를 키우셨다. 내가 평소에 청소를 즐겨 하는 이유는 할머니를 자주 추억하고 싶기 때문이다. 기도를 마치고 나서 주기도문을 암송한다. 암송을 끝내곤 찬송가를 부르기 시작한다.

내게 강 같은 평화, 내게 강 같은 평화, 내게 강 같은 평화 넘치네, 할렐루야,

내게 바다 같은 기쁨, 내게 바다 같은 기쁨, 내게 바다 같은 기쁨 넘치네—

나는 사진 속 할머니에게 묻는다. 할머니! 거긴 어때? 평화로워? 강같이?

추도예배를 마치고 객실에서 숨죽여 운다. 피서지 객실에서 우는 소리가 행여 밖으로 새나간다면 다른 손님에 대한 예의가 아닌데, 할머니가 너무 그리운데 지금은 따라갈 수 없기 때문이다.

주일 대예배시간이다. 봉헌시간이 끝나자 성가대의 찬양 순

서가 돌아온다. 요한이 가희의 피아노 반주에 맞춰 성가대에 서 지휘를 한다.

오늘 요한은 하이틴 잡지의 모델을 졸업하고 성인 남성 잡 지에서 막 걸어나온 것처럼 보인다. 다림질 잘된 청년 같다. 가 희도 더할 나위 없이 예쁘고 평화로워 보인다. 성가대 지휘자 와 피아노 반주자, 이름만으로도 아름다운 조합인 두 사람은 호흡을 잘 맞추어나간다. 이 순간, 그들이 맺어져도 좋겠다는 생각을 한다. 이 순간만큼은 그들 사이에 어떤 침입자도 허용 하고 싶지 않다. 그것이 설령 나라고 할지라도.

찬송도 설교도 끝나고 점심시간도 지났건만 나는 늦게까지 남아 지하식당에서 배식봉사를 한다. 성가대가 회의를 마치고 늦은 점심을 먹으러 식당으로 내려왔기 때문이다.

가희가 요한의 옆자리에 착 달라붙어 앉는다. 그리고 배식 대에서 눈에 가장 잘 띄는 자리에 앉은 그들은 시시덕대기 시 작한다. 두 사람의 목적은 동일하다. 내게 자신들의 모습을 봐 달라는 것이다. 가희의 시선은 줄곧 요한에게 가 있지만 요한 은 가희를 바라보고 있지 않다. 요한이 바라보는 대상은 나다. 그런데 가희는 그 사실을 모른다. 사랑에 눈먼 자이기 때문이 다. 요한은 가희를 이용해서 내 질투심을 유발하고, 가희는 이 순간을 이용해서 요한을 즐긴다.

성가대의 식사가 끝난다. 요한이 줄곧 날 바라보고 있었다 는 사실을 드디어 가희가 눈치챈다. 사랑에 눈먼 자가 잠시 눈을 뜬 것이다. 그러곤 요한과 자신의 식판 두 개를 잽싸게 챙겨서 내게 다가온다. 자신의 사랑에 그 어떤 훼방꾼도 허락하지 않겠다는 의지를 내보이듯 말이다.

요즘 나를 대하는 가희의 태도는 예전과 다름없이 친절하다. 얼마 전 류준수 회사에서 전화를 받던 비서의 태도와 같다. 사무적이다. 근무지에서 외부인을 대할 때의 의례적인 친절함에 비추어보면 가희가 더 나쁠지 모른다. 우리는 공적인 관계가 아닌 사적인 관계이며 교회 안에서, 하나님 앞에서 자매이기 때문이다.

주일은 저녁예배를 마치자마자 곧장 객실로 들어온다. 내일 출근 전까진 외출을 삼가고 무조건 쉬려 한다. 주일에 나는 아무데나 가는 못된 계집애가 될 수 없다.

"하나님도 하시던 일을 엿샛날까지 다 마치시고, 이렛날에는 하시던 모든 일에서 손을 떼고 쉬셨기" 때문이다.

주일 저녁의 객실은 일반 가정과는 달리 한가하며 적요하고 권태롭기까지 하다. 주일 저녁엔 어김없이 아이들이 보고 싶은 병이 도진다. 하지만 내일 아이들을 만나기 전까진 아무리 그리워도 참아야 한다. 만일 지금 뛰쳐나가 아이들을 만나러 간다면, 그래서 아이들의 집 현관 벨을 누르기라도 한다면, 문을 열고 나온 아이들의 부모님이 나를 보며 깜짝 놀랄 것이기 때문이다.

휴일 저녁의 예기치 못한 방문자는 언제나 낯선 침입자다. 제아무리 선생이라 할지라도 침입자는 가족에게 용서받지 못할 것이다.

종일 가슴속에 박혀 있던 그리움이 체증을 가져온다. 나는 검은 안대를 하고 침대에 누워 억지로 잠을 청한다. 아이들을 위해 감기에 걸려선 안 되는 것처럼 아이들을 위해 잠을 자두어야 한다. 아이들에게 피곤한 인상을 심어주어선 안 된다.

드디어 한 주가 시작된다. 5시 새벽기도를 다녀와서 출근 준비를 한다. 여느 때와 다름없이 베이비 샴푸로 머리를 감고 베이비 비누로 목욕을 한다. 그리고 화장대에 앉아 베이비 로션을 바르곤 거울에 붙은 아이들 사진을 보며 아침 인사를 한다.

"얘들아, 안녕, 주말 잘 보냈니?"

나는 아이들에게 입맞춤을 보내곤 자리에서 일어나 옷장으로 간다. 그리고 어제 옷걸이에 잘 걸어둔 옷을 꺼낸다. 오늘은 특별한 의상을 준비했다. 단비의 생일파티가 있기 때문이다. 나는 곰돌이 캐릭터 스웨터에 분홍 레이스 치마를 입고 토끼 목도리를 두른다. 스웨터에 레이스 치마라, 티셔츠에 정장 바지만큼이나 어울리지 않는 조합이지만 아이들은 이런 조합에 대해 별로 편견이 없다. 누군가의 어떤 행동에 대해 아무런 편견이 없다는 것. 내가 아이들을 좋아하는 이유 중 하나다.

나는 현관으로 가 신발장에서 굽 낮은 갈색 구두를 꺼내 신고 전신거울에 내 모습을 비춰본다. 그러곤 흡족한 표정으로 현관을 나선다. 내 의상을 단비가 좋아해주었으면 좋겠다.

객실을 빠져나와 견인 지역에 주차해놓은 내 차를 향해 걷는다. 오늘은 주차위반 딱지가 없다. 기분 좋은 출발이다. 나는 차에 올라 시동을 걸고 동요 CD를 튼다. 출근길엔 늘 동요를 듣는다.

머—리 어깨 무릎 발 무릎 발—.

나는 차안에서 큰 소리로 동요를 따라 부른다. 차가 빨간불에 정차할 때는 기어를 중립에 놓고 브레이크를 밟은 다음, 잠시 운전대에서 손을 놓고 율동을 따라 함은 물론이다.

무사히 어린이집에 도착한다. 오늘도 내가 제일 먼저 출근이다. 창문을 열고 환기를 하고 나서 화분에 물을 준다. 장난감과 교구들을 손걸레로 닦으며 곧 만날 아이들을 설레는 마음으로 기다린다. 등원 시간이 다가올수록 나는 흥분이 된다. 이 기다림은 날 배반하는 일 없이 늘 현실화되기 되기 때문이다. 날마다 반복되는 이 과정을 나는 사랑한다. 이 반복은 타성과는 다르다. 아무리 되풀이해도 지치지 않는다.

등원 시간에 맞춰 한설하가 결이를 데리고 온다. 한설하는 평소와 다름없이 뚱하고 화난 표정을 짓고 있다. 두 사람의 얼굴을 보자 안도감이 몰려온다. 나는 이 아이러니한 감정에 피식 웃는다. 주말 내내 피서지의 객실에서 혼자 뒹굴다가 이제야 집으로 돌아온 기분이 들었기 때문이다. 한설하를 보내고 나서 결이의 일일연락장을 펼친다. 그의 화난 글씨체를 보며 또 한번 웃는다.

오늘 저녁 8시, 개별 상담 요청합니다.
장소: 그때 그 집

오늘 단비는 분홍 파티드레스를 입고 등원해서 아침부터 모든 교사들과 원아들의 이목을 집중시켰다. 아이들의 오후 간식은 케이크만으로도 배가 부를 것 같다. 단비 어머니가 커다랗고 화려한 케이크를 두 개나 보내왔기 때문이다. 나는 케이크 하나에 두 개의 초를 꽂고 나서 불을 붙인다. 조명애 선생님이 단비에게 촛불을 훅, 하고 불어서 끄라고 설명을 한다. 단비가 알아듣고 앙증맞은 입술 안으로 힘껏 바람을 모아 훅, 촛불을 끈다. 촛불은 단번에 꺼진다. 22개월 된 아이치고 단비처럼 한번에 입김으로 두 개의 촛불을 끌 수 있는 아이는 드물 것이다. 그래서 단비는 드문 단비다.

생일축하곡과 함께 조 선생님이 박수를 치자 아이들이 따라서 박수를 친다. 나는 이 모든 과정을 핸드폰 안에 담는다. 하원 시간에 맞춰 사진을 뽑아 액자에 넣어서 단비에게 선물로 줄 것이다.

참, 오늘 나의 의상을 단비가 좋아해주었냐고? 물론이다. 미리 짜서 맞춰 입은 듯 나도 분홍 레이스 치마를 입고 오다니, 근사하지 않은가?

퇴근 후, 차안에서 옷을 갈아입는다. 어린이집에서 입었던 의상을 그대로 입고 한설하를 만나러 가는 건 단비와 아이들에 대한 예의가 아니다. 곰돌이 스웨터에 레이스 치마는 단비를 위한 의상이지 한설하를 위한 것이 아니기 때문이다. 나는 옷을 갈아입은 다음 가벼운 볼터치로 화장하기 시작한다. 나는 멋부리는 데 많은 시간을 투자하는 스타일이 아니다. 단지 부지런한 사람일 뿐.

오늘 저녁 의상은 회색 톱숍 티셔츠에 오버포켓 스커트, 그리고 오버코트다. 신발은 뱀가죽 무늬 하이힐 부츠를 신어야겠다. 톱숍 티셔츠는 얼마 전 이태원에서 직원이 신상이라고 추천해서 샀는데 입을수록 색깔과 디자인이 맘에 들지 않는다.

나는 옷을 살 때 직원이 추천하는 옷은 되도록이면 피한다. 추천은 판단을 흐리게 하고 충동구매로 이어지니까. 하지만 그날은 충동적으로 사고 말았는데 객실로 돌아오는 길에 바로 후회했다. 그런데도 이 톱숍 티셔츠를 입는 이유는 그를 만나서 어떤 말도, 행동도 충동적으로 하지 말자는 일종의 경고다. 나 자신에 대한 다짐이라고 해두자.

한설하보다 단골술집에 먼저 도착한다. 지난번 그를 바람맞힌 일에 대한 미안함에 조금 일찍 서둘렀다. 물론 그를 바람맞혔다는 걸 사실대로 말하진 않을 것이다. 가뜩이나 화가 나 있는 사람을 부추기긴 싫다.

나는 자그마한 철제 의자류에 앉아 그를 기다린다. 오늘부터 이 의자를 의자류로 부르기로 했다. 아무렴 어떠랴, 이렇게 불편한 의자류를 의자로 불러줄 순 없는데다 나는 국어학자도 시인도 아니니까. 첫날과 달리 의자류는 별로 불편하지 않다. 즉, 앉을 만하다. 앞으로 얼마나 버틸지 모르겠지만 나는 이 불편한 의자류에 점점 적응해나간다.

주인이 내게 알은체를 하며 메뉴판을 갖다준다. 덕분에 나도 단골이 된 기분이다. 이 술집에 대한 나의 적응력에 놀란다. 이 단골술집은 나의 단골이 되었으므로 오늘로 안녕이다. 다시는 이곳에 오지 않을 것이다.

시계를 바라본다. 8시 15분. 그가 오지 않는다. 나는 자리에서 일어선다. 확신이 없는 대상에 대한 막연한 기다림은 사양한다. 아니, 솔직히 말하자면 그가 오기 전에 도망가고 싶다. 그의 슬픔이 내 것이 될 수 있을까? 그래서 그의 슬픔이 덜어질 수 있을까? 나는 서둘러 문을 나선다. 순간, 마악 들어서는 슬픔과 부딪친다. 그가 나와 시계를 번갈아 보며 내뱉는다.

"성질 한번 급하군. 15분밖에 지나지 않았는데."

나는 답한다.

"15분은 생각보다 꽤 긴 시간이라서요."

"그렇게 차려입고 나오는데 15분 이상은 걸리지 않았나? 그 시간이 아까워서라도 기다려야지."

건방지군요. 미스터 슬픔. 늦게 나온 것도 모자라 반말이라니.

나는 대답 대신 술집을 나선다. 그가 내 뒤를 따라나온다. 우리는 어느새 나란히 걷는다. 계절은 초겨울로 접어드는 늦가을이지만 밖은 그다지 춥지 않다. 아니 조금 더 추워도 상관없을 것이다. 우리는 근처의 호수공원으로 발걸음을 옮긴다. 어느새 앞장서서 걷고 있는 그의 태도는 다소 무뚝뚝하다. 그에게 다정함을 기대한 건 아니다. 뭔가를 기대한 것은. 나는 살아오면서 누군가에게 무언가를 기대해본 적이 없다.

그가 걸음을 멈춰 서더니 날 돌아본다.

"지난 토요일에 단골술집에 나왔어요?"

"아니요."

"나도 안 나갔는데 다행이네요."

그가 예의 그 무뚝뚝함을 자랑하듯 다시 앞서 걷는다. 속도를 맞출 뻔했는데. 그가 다시 멈춰 선다.

"왜 안 나왔어요?"

나는 둘러댄다.

"나가기 싫어져서요."

"무책임한 사람이군. 자기가 먼저 만나자 해놓고 안 나오다니."

그는 소리라도 질러버리고 싶지만 첫 데이트 상대에게 이 일로 화를 내진 않겠다는 표정을 짓는다. 굳이 화내지 않아도 평소에 화난 사람 같다는 걸 그는 모르는 걸까.

횡단보도에 도착하자 그제야 그와 나란히 선다. 우리는 빨간불이 녹색으로 바뀌길 기다린다. 순간, 오토바이를 탄 폭주족들이 빨간 신호에서 횡단보도를 가로질러간다. 깜짝 놀란 그가 나를 보호하듯 한 팔로 감싸안고 한 발짝 뒤로 물러선다. 헬멧 대신 빨간색 두건을 쓴 폭주족들이 우리에게 보란 듯 오토바이의 앞바퀴를 들어올렸다 내린다. 그러곤 경적을 울리며 사라진다. 그가 오토바이의 뒤꽁무니를 노려본다.

"저러다 사고 나면 어쩌려고!"

신호가 녹색불로 바뀐다. 나는 아직도 내 어깨에 올린 그의 팔을 바라본다. 민망한 듯 그가 팔을 치운다. 치우라는 말은 하지 않았는데.

우리는 횡단보도를 건너 길을 걷다가 호수공원 안으로 들어선다. 자전거를 탄 사람들이 여유로운 표정으로 자전거전용 도로를 달린다. 바람 때문에 볼이 시린지 마스크를 쓰고 달리는 사람들도 있다. 나라면 저러지 않겠다. 나라면 맞은편에서 불어오는 바람을 온몸으로 맞으며 달릴 것이다.

내 시야 안으로 벤치가 들어온다. 등받이가 든든한 길고 큰 벤치. 저건 벤치류가 아니라 벤치다. 나는 서둘러 벤치로 다가

간다. 얼마 전 구입한 하이힐 부츠가 아직 길이 들지 않아 앉고 싶어져서다. 그가 화들짝 놀라며 벤치에 앉으려는 날 가로막는다.

"왜요?"

"춥잖아요. 차가워요."

"괜찮은데……"

나는 앉지도 못하고 엉거주춤 서서 벤치를 바라본다.

"치질 없어요?"

그가 자신의 점퍼를 벗어 잽싸게 깔아준다.

"이렇게 차가운 데 털썩털썩 앉으면 자궁이 냉해져서 불임이 된다고요. 걱정 안 돼요?"

내가 왜 걱정을 하겠는가? 서른이 안 된 여자가 결혼도 하기 전에 불임을 걱정할 처지는 아닌 것이다. 그도 날 내려다보며 서 있기가 어색한지 엉거주춤 앉는다.

"요즘은 유부녀보다 미혼여성들한테 불임이 더 많다던데……"

"미혼여성이 어떻게 알아요? 자기가 불임인지 아닌지. 병원 가서 물어볼 수도 없잖아요."

"꼭 병원에 가야 압니까? 생활 속에서 아가씨들은 불임이 될 행동을 많이 저지르잖아요. 담배를 뻑뻑 피워대고, 차가운 콜라나 맥주를 마셔서 자궁을 냉하게 만들고, 꽉 끼는 청바지만 입고 다니잖아요."

"그렇게 잔소리하니까 아, 저씨 같아요."

하마터면 아버지 같아요, 라고 할 뻔했다. 한번도 가져본 적 없는 아버지. 애써 존재를 알려고 하지 않았지만 저절로 알게 된 단어. 엄마란 단어처럼.

"나, 아저씨 맞아요."

그러고 보니 그의 머리에 새치가 제법이다. 그가 쑥스러운 듯 씨익 웃곤 공원을 두리번거린다.

"여기 솜사탕 안 파나?"

"나 솜사탕 안 먹어요."

"누가 사준대요? 꿈도 크셔. 나 먹으려고 그러지."

꿈이라는 그의 소박한 표현에 푸핫, 웃음이 터진다. 우린 자리에서 일어나 걸으며 솜사탕 아저씨를 찾아본다. 날씨가 쌀쌀해서인지 솜사탕 아저씨는 찾을 수 없었다. 그래도…… 좋았다.

우리는 호수공원을 나와 근처에 있는 막걸리와 파전집으로 들어간다. 주문한 막걸리가 나오자 그가 내 잔에 막걸리를 따라준다.

"차 가져왔어요?"

"그럼요."

"그냥 마십시다. 대리기사 부를 테니까."

그가 잔을 들어 건배를 권한다. 나는 그와 건배를 하고 나서 잔을 도로 내려놓는다. 그가 의아한 표정으로 묻는다.

"안 마셔요?"

"잘 마셔요."

"근데 왜 안 마셔요?"

"잘 마신다니까요."

"알았어요. 나랑은 마시기 싫어서 그러는 거죠?"

"외로우니까요."

"외롭…… 다구?"

"같이 취하면 두 배로 외로워져요. 그러니까 혼자 드세요. 제가 봐드릴게요."

그가 더이상 권하기를 포기하고 술 마시는 속도를 낸다. 혼자 외로워지려고. 마시는 속도만큼 취하는 속도도 빠르다. 이제 막 안주로 시킨 파전이 나왔건만 막걸리통은 벌써 다 비워져간다. 탁, 갑자기 그가 막걸리잔을 소리 나게 내려놓는다. 그리고 소리를 지른다.

"어떻게 그럴 수가 있어?"

술집 손님들이 잠시 우릴 바라보곤 다시 일행들과 술을 마신다.

"왜 안 나왔어! 응? 자기가 만나자 그래놓고 안 나오다니, 너무 무책임해. 무책임하다고!"

그가 필요 이상으로 화를 낸다. 하나도 무섭지 않다. 사람들이 타인에게 화를 내는 이유는 결국 자기 자신에게 화가 나 있기 때문이다. 자신에게 화내는 사람이 무서울 리 없다. 그러니 조금 더 화낸다 해도 괜찮을 것이다.

"내가 젤 혐오하는 인간이 어떤 인간인 줄 알아?"

그가 테이블에 고개를 박으며 고꾸라진다. 그리고 자책하듯 중얼거린다.

"무책임한 인간…… 나쁜 여자."

그가 결이 엄마를 욕하고 있다. 내 앞에서 죽은 아내를 떠올린다. 나를 두고 다른 여자를 생각한다. 질투가 나질 않는다. 지금껏 그래왔듯 '질투는 나의 힘'이 아니다.

한설하를 부축해서 내 차를 세워놓은 주차장으로 간다. 그리고 그를 뒷좌석에 태운 다음 임대아파트를 향한다. 그를 운전석 옆자리에 앉힌다면 안전벨트까지 매주어야 할 것이다. 그러기 위해선 그와 몸을 밀착해야 한다. 그러면 의도하지 않았던 스킨십이 일어날지도 모른다. 나는 어떤 형태로든 취한 상태에서 상대방과 접촉하는 걸 싫어한다.

뒷좌석의 그가 눈을 감은 채 말한다.

"외롭다고? 그게 어떤 건지 말해주지. 외롭다는 건, 시를 썼는데 읽어줄 사람이 없다는 거야."

"요즘 누가 시 같은 걸 읽어요? 나도 안 읽어요."

"나도 시 같은 건 안 써. 시를 쓰지."

그가 눈을 감는다. 내 차가 그의 아파트에 도착한다. 나는 그를 흔들어 집에 다 왔음을 알린다. 그는 여전히 눈을 감고 있다. 나는 그의 귀에 대고 들릴 듯 말 듯 속삭인다.

"시, 잘 읽었어요."

그가 차에서 내린다. 나는 그가 아파트 입구에 무사히 들어가는 걸 확인하고서야 핸들을 돌린다. 나는 그의 아내를 떠올린다. 차가운 새벽, 차도로 뛰어든 그녀를. 그녀의 슬픔을.

신은 인간에게 목숨을 주면서 동시에 슬픔도 주었다. 그런데 어떤 인간은 슬픔을 끊는 방법을 몰라 스스로 목숨을 끊기도 한다. 하지만 그건 신이 원하는 일이 아닐 것이다. 그런데 왜 신이 원하는 일을 해야 하지? 우린 인간인데. 어쩌면 우린, 인간이기 때문에 신이 원하는 일을 해야 하는 건지도 모른다. 인간이라 어쩔 수 없는 것이 아니라 어쩔 수 없는 인간이기 때문에.

새벽 5시. 어김없이 새벽기도를 다녀와 제일 먼저 어린이집에 출근한다. 오전 간식 시간이 끝나자마자 우주가 갑자기 오바이트를 한다. 그리고 계속 토하며 설사까지 한다. 등원할 때 우주의 얼굴이 하얘서 왔다는 게 좀 이상했지만 일일연락장엔 별말이 없어 간과한 게 잘못이다. 나는 크리넥스를 뽑아 우주의 입을 닦아주고 바닥의 토사물을 닦는다. 그리고 우주에게 점퍼를 입히며 일어선다.

"병원에 가야겠어요."

조 선생님이 대답한다.

"그럴래? 우주 어머니가 직장에 다니니 이 시간에 오시라고 할 수도 없고……"

우주를 차에 태우고 가까운 병원으로 향한다. 총무를 동행하려 했지만 월말정산 문제로 바쁜데다 얼마 전 할부로 장만한 유아용 카시트도 있으니까. 카시트로 인해 내게 숨겨놓은 아이가 있느냐는 질문과 함께 동료 교사들의 의심을 잠깐 사긴 했지만, 덕분에 매달 날아드는 카드 청구서에 새로운 항목이 추가됐지만, 후회는 하지 않는다.

소아과 진료실에 들어서니 의사가 장염이라는 진단을 내린다. 의사 말이 오늘 오전에 걸린 것 같진 않다고 한다. 우주 어머니가 우주의 장염을 알면서도 출근 때문에 그냥 보낸 것이다. 나는 우주의 약 처방전을 받아 약국에 들른다. 점심부턴 음식을 더 조심해야겠다.

우주를 안고 초록반 교실에 들어서니 아이들이 크리넥스를 툭, 툭 뽑아 공중에 던지고 있다. 새하얀 크리넥스를 동그랗게 뭉쳐 눈 모양을 만들어서 교실에 눈을 펄펄 날리고 있는 것이다. 아이들이 신기한 듯 눈싸움을 하며 신나게 교실을 뛰어다닌다. 조 선생님은 이 북새통 한가운데서도 굴하지 않고 꿋꿋하게 졸고 있다. 그런데 문제는 쿵짝이 맞아 화장실까지 진출한 소원이와 지율이가 크리넥스를 유아 변기마다 처넣고 있다는 데 있다. 더 큰 문제는 이로 인해 변기가 막혀버렸다는 데 있다.

소원이와 지율이를 교실로 데리고 오자 으앙, 하고 단비의 울음이 터진다. 단비가 날 보며 대변이 마렵다는 듯 화장실을 가리킨다. 얼마 전 배변훈련을 무사히 마친 단비는 요즘 쉬도 변기에 보고 있다. 하물며 대변은 말할 것도 없다. 잠에서 깬 조 선생님이 아수라장이 된 교실을 바라보며 화들짝 놀란다.

"아니, 이게 무슨 조화래……"

설명할 시간이 없다. 나는 다시 화장실로 달려가 고무장갑을 찾아 낄 여유도 없이 두 팔을 걷어붙인다. 그리고 변기에 손을 넣어 크리넥스를 꺼낸다. 나는 변기 속으로 깊숙이 들어가 있는 크리넥스 찌꺼기까지 빡빡 긁어낸다. 지금은 더럽다는 생각을 할 수가 없다. 더러운 건 성인의 배설물이다. 게다가 낮동안 기저귀를 안 차고 있는 단비가 팬티에 변을 본다면 그야말로 낭패 아닌가? 그리고 팬티에 변을 보는 바로 그 순간, 그동안 잘해왔던 단비의 배변훈련은 원점으로 돌아가게 된다. 즉 기저귀 생활을 다시 해야 하는 것이다.

나는 재빨리 단비를 화장실로 데려가 변기에 앉힌다. '끄응' 힘을 주며 단비가 성공적으로 배변을 한다. 그리고 나를 향해 시원하다는 듯 씨익 웃는다. 나 역시 웃으며 단비의 엉덩이를 따뜻한 물로 닦아준다.

학생은 수업중에 졸아도 되지만 교사는 졸면 안 된다. 졸면 가르칠 수가 없고, 학생이 교실 안에서 무슨 짓을 저지르는지도 알 수 없기 때문이다.

조 선생님이 자신을 원망하는 어조로 말한다.

"나 왜 이러니, 우린 왜 이렇게 차이가 나는 거야? 은 샘 따라가려면 한참 멀었다, 나."

조 선생님은 항상 잠이 부족하고 나는 늘 잠이 안 온다. 그것이 우리의 차이다.

"은해이 선생님, 전화받으세요!"

총무가 다급한 목소리로 초록반 교실 문을 두들긴다. 근무 시간에 내게 전화 올 데가 없는데…… 나는 고개를 갸우뚱하며 교무실로 달려간다. 전화를 받으니 요한이다. 근무중엔 교사에게 전화를 바꿔주지 않는 게 어린이집의 원칙이지만 요한에겐 적용이 안 될 것이다. 모든 여자에게 친절한 요한이니까.

요한은 저녁에 문화공간 T카페에서 교회 성가대와 유치부, 중고등부 긴급 교사회의가 있으니 퇴근 후 와달라고 한다. 나는 요한에게 퇴근하고 갈 테니 이제부턴 어린이집으로 전화하지 말아달라고 당부한다.

오늘은 어쩔 수 없이 칼퇴근을 한다. 당직 교사인 사슴반 선생님이 서운한 표정으로 퇴근하는 나를 바라본다. 당연한 퇴근이 미안한 퇴근이 되어버린다.

약속한 시간에 카페 안에 들어서니 음악도 없는 세미나실에 요한이 혼자 우두커니 앉아 있다. 나는 세미나실을 두리번거리며 말한다.

"아직 아무도 안 왔네?"

"난 안 보여?"

"잘 보여."

요한이 자기 옆에 앉으라고 손짓하며 더 안쪽으로 들어가 앉는다. 나는 무시하며 맞은편에 앉아 요한에게 묻는다.

"왜, 교회에서 회의 안 하고?"

"분위기 바꿔보는 것도 괜찮지 않아?"

"그건 그래. 근데 여기 셀프는 맘에 안 든다. 플라스틱 컵도."

옆 세미나실에서 젊은 남녀가 까르르대는 소리가 들려온다. 마치 방음장치가 잘 안되어 있는 모텔의 옆방에서 들려오는 소리 같다. 갑자기 불편해진다. 요한과 둘이서만 이 공간에 있다는 사실이.

"되게 시끄럽네."

"누나, 투덜대니까 귀엽다."

"요게,"

요한을 한대 콩, 쥐어박으려고 주먹을 쥐는 순간, 가희가 향수 냄새와 함께 세미나실로 들어선다. 언젠가 이 냄새를 백화점의 향수 견본품 코너에서 맡아본 적이 있다. 여직원은 이 향수가 소나무향에 녹차향을 결합하여 자연의 향기를 겨냥한 거라고 소개했다. 하지만 나는 자연의 향기는커녕 그 비슷한 냄새도 느끼지 못했다. 향수병에 인위적으로 담긴 자연은 이미 자연이 아니다. 자연은 인위적인 게 아니니까. 그것은 마치 해수어를 수족관에 담아놓고 바다를 느끼라는 것과 똑같다.

가희가 코트를 벗자 장미 리본 블라우스에 엘레강스 스커트가 드러난다. 그녀의 머리는 이제 막 미용실에서 드라이를 하고 온 듯 우아하게 말려 있다. 어디 결혼식 들러리라도 서러 가야 할 것 같은 옷차림이다. 아니, 화장을 한 그녀의 얼굴은 결혼식 당사자라고 해도 손색이 없어 보인다. 날 바라보는 가희의 안색이 변한다. 불청객을 바라보는 불편한 시선이다. 내가 나오는 걸 몰랐나?

"인사해. 내 애인이야."

요한의 말에 어리둥절해진 가희와 내가 서로를 바라본다. 요한이 가희에게 냉랭하게 말한다.

"왜 그렇게 고개가 빳빳해? 그럼 엎드려 절할래?"

순간 나는 사태를 파악한다. 이 자리는 요한이 가희에게 상처 주기 위한 자리라는 걸. 그런데 왜? 왜 내 앞에서? 어린이집으로 전화해서 교회 일로 카페에서 긴급회의 운운할 때부터 의심스럽다는 걸 눈치챘어야 했는데. 갑자기 요한이 내 옆자리로 다가와 나를 확 끌어안으며 키스를 한다. 무방비 상태의 내게.

나는 화들짝 놀라 요한을 밀어내며 화를 낸다.

"너 미쳤니?"

이번엔 요한이 가희에게 화를 낸다.

"이럼 믿겠어? 내 진심을? 내가 원하는 건 네가 아냐! 해이 누나라고. 이 진드기야!"

흑, 가희가 울면서 뛰쳐나간다. 급하게 나가느라 코트를 두고 나갔지만 돌아오지 않을 것이다. 요한이 말한다.

"저렇게 착한 애는 질색이야. 남자를 지겹게 하면서 자신은 친절한 여자라고 믿지. 여자에게 친절하다는 건 이런 거야. 빨리 정신 차리고 포기하게 만드는 것. 난 희망고문 같은 거 안해. 낯간지럽거든."

그거였니? 가희를 떼어내기 위한 수단으로 날 이 자리에 불러낸 거? 네게 관심 가져달라는 거? 이런 억지스러운 상황을 연출하고도 흡족해하는 네 표정을 보니 내 처지가 더 낯간지러워진다.

"어서 코트 갖고 따라가. 감기 들라."

요한이 묻는다.

"나, 키스 잘해?"

남자들은 묻는다. 나 키스 잘해? 섹스 잘해? 싸움 잘해? 잘해? 잘해?…… 남자들은 칭찬받길 원한다. 언제든 어디서든 칭찬을 원하는 존재인 것이다.

요한이 재촉한다.

"잘해?"

"그래. 엄청 잘하니까 어서 갖다줘. 기다릴게."

"정말이지? 그냥 가면 안 된다?"

내가 고개를 끄덕이자 요한이 부리나케 코트를 들고 가희를 쫓아나간다.

이런 데서 첫 키스할 생각을 했다니, 요한답다. 기독교인들

의 세미나가 주로 펼쳐지는 문화공간에서의 첫 키스. 역시 목
사님 아들다워. 너도 네 유전자를 부정하진 않는구나. 그래, 요
한, 그렇게 살아야 해. 그러면 인생이 덜 피곤해진단다. 사실
내 인생은 아주 피곤하거든.

하품이 나오면서 졸음이 밀려온다. 나는 소파에 기대어 눈
을 감는다. 까무룩 잠이 들려는 순간 요한의 거칠어진 호흡 소
리에 다시 깬다. 요한이 사거리 편의점 앞까지 가희를 따라갔
다가 헉헉대며 돌아온 것이다. 요한이 눈을 감은 내게 대고 혼
잣말하듯 중얼댄다.

"저 아이의 미래는 뻔해. 누군가의 아내가 되고 엄마가 되고
주일이면 가족의 손을 잡고 교회에 나가고. 저 아이의 아이도
그렇게 살겠지. 자기 의지와 상관없이 유아세례를 받고 어른
이 되고 죽을 때까지 성실하게 교회를 다닐 거야. 성탄절마다
크리스마스캐럴이 울려퍼지는 집에서 말이야."

"……"

"사람들은 그걸 행복이라고 부르겠지. 그런데 그게 정말 행
복일까? 난 행복해지고 싶은데 그게 뭔지 잘 모르겠어."

나는 눈을 뜨고 대뜸 묻는다.

"자러 갈래?"

나의 제안에 놀란 듯 요한이 토끼 눈을 뜬다.

카페를 나온 우리는 홍대 주변의 한 모텔을 향한다. 나는 카

드를 내밀어 모텔비를 치른다. 다음달 카드 청구서에 모텔의 이름이 선명하게 찍힌 채 날아오겠지만 이를 추궁할 부모님은 없으니까. 게다가 요한은 학생이고 나는 직장인이니 그에게 모텔비를 치르라는 건 불공평한 처사가 될 것이다.

룸에 들어서자마자 요한이 날 벽으로 밀어세우며 옷부터 벗기려 든다. 나는 그의 손을 가볍게 제지한다. 요한의 몸이 달아오른다.

"왜 이래, 먼저 유혹해놓고."

"내가 자러 가쟀지. 하러 가쟀니?"

"잠만 자자고?"

"응."

요한이 기가 막힌 듯 웃는다.

"세수하러 와서 물만 먹고 가자고?"

"비유 죽인다."

나는 침대 위로 픽 쓰러진다. 요한이 내 위에 쓰러지며 귀에 대고 속삭인다.

"처음…… 아니지?"

"중요하니?"

"아니."

'자러 갈래?'란 말의 의미가 섹스를 뜻할 때 '잔다'는 표현은 틀렸다. '할래?'가 맞다. 자면 할 수 없다. 하고 있는 동안은 깨어 있는 것이고, 깨어 있으므로 잘 수 없는 것이다. 물론 하다가 잠드는 경우는 있지만, 그건 하다가 죽는 것만큼이나 흔한 일은 아니다.

요한은 내 속옷을 벗기는 일엔 성공하지만 동굴은 찾지 못한다. 어둠 속에서 *그*가 길을 잃는다. 나는 담담한 어조로 말한다.

"너 처음이구나……"

요한이 부끄러운 비밀을 들켰다는 듯 당황하며 얼버무린다.

"이거 왜 이러시나. 선수끼리."

사실 내가 요한의 첫 섹스 상대라는 것은 그다지 황홀한 경험은 아니다. 첫 여자란 말은 하지 않겠다. 왠지 소유물 같으니까. 그런데…… 나의 처음은 어땠지? 기억이 나지 않는다. 요한, 너도 그러길 바라.

드디어 요한이 나의 동굴 안으로 들어온다. 나는 눈을 감는다. 요한이 내 젖무덤을 파고들며 기진맥진한 듯 웃는다.

"다행이야. 누나가 첫 여자라는 게."

나는 한숨을 쉰다. 첫 섹스 상대라니까.

"이거 알아? 누나랑 있으면 마음이 평화로워져. 강처럼."

이런 걸 수면 위의 고요라고 말하지. 수면 아래선 무슨 일이 일어나고 있는지 아무도 몰라. 요한. 아주 자세히 들여다보기 전까진.

슬픔 씨

미스터 슬픔이 무차별로 쳐들어온다. 핸드폰으로, 어린이집으로, 일일연락장으로.

일일연락장은 아예 노골적인 연애편지의 장이 되어가고 있다.

오늘도 안 나오면 쳐들어갑니다. 길을 내놓으세요.

퇴근하고 연극 어때요?

주말에 단골술집에 술 때리러 갈까나?

호수공원 벤치에 난로 갖다놨음. 일명 한설하 난로. 놀토에

종일 불 쬘 수 있음.

이제부터 초록반 아이들의 등원은 부모님이 실내로 들어오는 일 없이 어린이집 현관에서 이루어지고 있다. 아이들이 어린이집 생활에 어느 정도 적응이 되었기 때문이다.

교실 창밖으로 한설하와 결이가 손을 잡고 등원하는 모습이 보인다. 나는 결이를 데리러 나간다. 한설하는 결이에 대한 걱정이 많아 조금이라도 덜어주려는 것이다. 한설하가 일일연락장과 기저귀가 든 어린이집 가방을 내게 넘겨주며 작게 말한다.

"아파 보여. 이따 나올 수 있겠어?"

나한테 잘해주지 마. 그럼 당신이 아파질걸.

오랜만에 조 선생님과 같이 퇴근한다. 오늘따라 초록반 아이들이 약속이나 한 듯 모두 일찍 집에 갔기 때문이다. 조 선생님과 어린이집 주차장을 향해 걷는다. 그녀가 내 눈치를 살핀다.

"은 샘, 나 말 돌리는 거 싫어하는 거 알지?"

지금 돌리고 있으면서.

"네. 말씀해보세요."

"결이 아버지랑 연애해?"

아차, 그동안 타인의 시선을 한번도 의식하지 않았다. 나는 결이의 담임이고 한설하는 어디까지나 결이 아버지, 즉 학부모인데 말이다.

"누가 그러는데, 에이, 말 돌리지 말자. 무지개반 선생님이⋯⋯."

그녀가 고개를 젓는다.

"에이, 아이 가르치는 사람이 거짓말하면 안 되지. 실은 연락장을 우연히 봤거든."

그녀가 다시 고개를 저으며 정정한다.

"아냐. 훔쳐봤어. 일부러."

그녀가 내 귀에 대고 속삭인다.

"조심해서 만나라고. 난 찬성이야. 대찬성. 하지만 여긴 기독교재단이라 특히 더 예민해. 보는 눈들이 좀 많아? 원장 귀에 들어가는 날엔 당장."

그녀는 목이 잘린다는 제스처를 해 보이면서 혓바닥까지 내민다. 무섭다기보다 귀엽다. 그녀 역시 직업은 못 속인다. 어린이집 교사라고 이마에 크게 쓰여 있다.

"난 둘 다 좋아하잖아. 결이랑 은 샘. 너무 잘 어울려."

나는 픽 웃는다. 결이 아버지랑 어울리는 게 아니고? 그녀가 종종걸음으로 앞서간다.

"그럼 내일 봐. 은 샘!"

먼저 차에 오른 그녀가 윙크까지 하며 사라진다. 조 선생님, 은근히 앞서가시네요.

때아닌 지원군을 만났다. 내가 손을 벌려 도움을 요청하지 않았는데도.

*

류준수가 기다리는 오뎅바 안으로 들어선다. 류준수 앞엔 따끈한 정종이, 내 앞엔 차가운 정종이 놓인다. 나는 단숨에 정종을 들이켠다. 이 순간 잔을 홀짝이는 건 내 취향이 아니다. 하지만 차가움도 내 목마름을 해갈해주진 못한다.

빈 잔을 내려놓으며 그에게 묻는다.

"영화팀에선 무슨 일을 해?"

"시나리오를 검토해. 투자를 결정하는 건 투자팀과 대표지만, 투자를 결정하게 만드는 건 영화팀이야. 하루에 읽어야 할 시나리오만 서른 편이 넘어."

"요즘 영화판 힘들다면서 그렇게 많이?"

"어느 판은 안 힘들어?"

"재밌어?"

류준수가 고개를 젓는다.

"작가들은 자까가 돼야 해. 자기를 까야 한다고. 근데 짜가들이 너무 많아. 가짜들."

그의 잔이 비워져간다.

"가짜일수록 기본 이외의 것에 더 집착하지. 스토커처럼 문자 폭탄을 보내고. 피드백을 못 받으면 안달이 나서 말이야."

"기본, 기본에 충실해야 된다구, 알아?"

오늘은 말이 많군요. 류준수 씨. 그동안 나랑 대화하고 싶었던 거야?

그가 지갑에서 영화시사회 초대권을 꺼내어 내게 내민다.

"보러 갈래?"

나는 고개를 젓는다.

"나, 영화 보는 거 싫어해."

"그래? 별일이다."

그가 초대권을 도로 넣는다.

난 다른 사람의 인생을 들여다보는 거 싫어. 행복하지 않은데다 대부분 역겹고 진부하거든. 게다가 가짜잖아. 예술가는 오선지에 아무도 그린 적 없는 자기만의 악보를 그릴 수 있어야 해. 예술가라면 말이야. 세상은 예술가를 자처하는 앵무새들로 넘쳐나지. 역겹지 않아? 역겨움을 확인하려고 굳이 시간을 바칠 이유가 있을까? 앵무새들의 창작 행위란 역겨운 세상에 또 하나의 진부함을 보태는 행위인지도 몰라. 아무리 그럴듯하게 흉내를 낸다 해도, 흉내는 흉내일 뿐 진짜 자기 목소린아니잖아?

나는 그에게 묻는다.

"하러 갈까?"

그가 피식 웃는다.

"오늘은 피곤한걸."

나는 상처받지 않는다.

정염에 미쳐

놀토가 돌아온다. 한설하가 결이를 어린이집에 데려다주고 나서 내게 데이트를 신청한다. 그는 자신이 근무하는 출판사를 구경시켜주겠다고 한다. 오늘은 휴무라면서 말이다. 하원 시간에 맞춰 한설하가 어린이집으로 결이를 데리러 가는 동안 나는 출판단지에 있는 어린이책 전문서점에서 두 사람을 기다린다.

서점의 창문을 통해 한설하가 결이의 손을 꼬옥 잡고 걸어오는 모습이 보인다. 창문 속 두 부자는 하나의 풍경을 이룬다. 나는 서둘러 서점을 나와 결이에게 달려간다. 우리는 아주 오랜만에 만나는 모자 상봉 같은 포즈를 취하고 나서 떨어진다. 한설하와 나는 결이를 가운데 두고 결이의 양손을 하나씩 잡고 걷는다. 결이는 한설하와 나의 팔을 하나씩 잡고 대롱대롱

매달린 채 걷고 싶어 한다. 하지만 결이가 원한다고 해서 그럴 순 없는 일이다. 그랬다간 또다시 팔이 빠질 테니까.

나는 잠시 사진으로 찍은 우리의 모습을 상상해본다. 그러곤 곧바로 고개를 흔든다. 하모니야 이건. 가족의 모습이라고. 은해이, 네가 하모니를 꿈꾸다니 어울리지 않아. 조화나 균형은 신의 전유물이라고. 알아?

결이가 전방의 소나무 위에 앉아 있는 까치를 발견하곤 "아티— 아티—" 하며 달려간다. 요즘 결이는 부쩍 아는 단어 수가 늘었다. 나는 결이에게 "조심해!" 하고 말한다. 한설하가 결이를 보며 행복해한다. 그리고 나를 보면서도.

하모니의 절정이군. 당신을 떠날 때가 된 거야. 벌써 익숙해지고 있거든. 이 행복에. 익숙해지면 그건 이미 행복이 아니야. 습관이지.

우리는 출판단지 내 헌책방을 순례한다. 한설하가 전래동화 책을 고르는 동안 결이가 그의 등에 업힌 채로 잠든다. 책방을 나서며 그에게 묻는다.

"어느 날, 내가 당신에게 간절하게 어떤 부탁을 하면 그날을 우리의 마지막으로 생각해주겠어?"

그의 목소리가 가늘게 떨린다.

"마지막?"

"응."

"난 너랑 끝까지 함께 갈 건데?"

"부탁이야. 그렇게 해줘."

"네 부탁이라면 들어주고 싶지만, 너랑 마지막은 생각하기 싫어."

그가 다짐하듯 단호하게 말한다.

"결론은 싫어. 들어줄 수 없어."

나는 침울한 표정을 짓는다. 침묵 속에서 우리는 걷는다. 방금 막 다투기라도 한 오래된 연인처럼. 정해진 수순처럼 얼마 못 가 화해해버리는 연인처럼. 이러지 마. 난 오래된 연인들이 자아내는 습관적인 분위기를 싫어해. 싸움에도 화해에도 익숙한 연인들의 분위기.

얼마나 지났을까. 그가 먼저 침묵을 깬다.

"알았어. 네 뜻대로 해. 내 인생은 한번도 내 맘대로 된 적이 없으니까."

분위기를 바꾸려는 듯 그가 제안한다.

"내일 어린이대공원 갈까?"

"왜?"

"결이한테 기린 보여주고 싶어서."

"내일은 교회 가야 돼."

"아아, 잊고 있었군. 하루 빼먹으면 안 돼?"

"난 주일학교 교사라고. 주일엔 하루종일 교회에 있어야 해."

"나도 교회 다닐까?"

"일부러 그럴 필요 없어."

"전도하는 거 관심 없어?"

"없어."

"이기적인 신자군."

나는 그에 앞서 걸으며 내 차를 주차해놓은 곳으로 간다. 그러곤 둘을 내 차로 바래다준다. 아파트 입구에서 내리면서 그가 애써 밝은 표정을 지으며 날 붙잡는다. 저녁밥을 지어줄 테니 먹고 가라면서. 나는 고개를 젓는다. 그랬단 단란한 가족의 풍경이 연출될 테고 그럼 나는 그 풍경이 점점 좋아질지도 모르니까.

비단뱀은 단란한 가족을 꾸려서도 그와 비슷한 풍경을 연출해서도 안 된다. 비단뱀에겐 그럴 자격이 없다. 어떤 가족도 밤만 되면 사라졌다가 아침이면 나타나는 비단뱀의 이중생활을 견뎌낼 재주는 없을 것이다. 나는 가족에게 그런 희생을 강요할 수 없다.

그와 헤어져 나만의 객실로 돌아온다. 출입문을 열자 하루 종일 사람의 온기가 없었던 차가운 객실이 손님을 맞이한다. 나는 주방으로 가 서랍을 열고 이쑤시개를 찾는다. 화장대 서랍에서 색종이와 풀, 스카치테이프와 가위도 찾아온다. 그리고 그동안 과일을 살 때마다 버리지 않고 모아둔 스티로폼들을 꺼낸다. 과일을 낱개 포장할 때 쓰는 스티로폼들이다. 나는 객실 바닥에 이 물건들을 전부 펼쳐놓는다.

지금은 나만의 악보를 만드는 시간이다. 다른 악보나 음표 같은 건 필요 없다. 서두를 필요도 없다. 그저 이 순간을 천천히 즐기기만 하면 된다. 나는 스티로폼을 하나씩 잘라 모자처럼 동그랗게 이어 붙이기 시작한다. 그러곤 스티로폼에 색색의 색종이들을 정성스레 오려 붙이고 이쑤시개를 하나씩 꽂는다.

"아얏!"

피다. 불량 이쑤시개 하나가 손가락을 찌른 것이다. 나는 손가락을 입으로 가져가 피를 빨면서 픽 웃는다. 할머니처럼 굴고 있어. 할머니는 살아 계셨을 때 늘 바느질을 하셨지. 어릴 적부터 좀처럼 쉽게 잠들지 못했던 날 무릎에 앉혀놓곤 자장가를 불러주셨어. 그리고 내가 잠이 들 때까지 바느질을 하셨어. 그러다 바늘에 찔릴 때면 손가락을 입으로 가져가 피를 빨곤 하셨는데…….

나는 피를 빨면서 색종이로 둘러싸인 스티로폼을 바라본다. 이 물체의 이름을 가시면류관이라 부르고 싶다. 하지만 아직은 그렇게 부를 수 없다. 지금은 그냥 가시면류관이 되어가는 과정 속에 있다고 하는 게 맞다. 아니면 가시면류관류? 이걸 쓰고서 누군가 행복해한다면, 고통 속에서 몹시도 행복하다면, 그때 비로소 이것은 가시면류관으로 불릴 수 있을 것이다.

한 통에 백여 개가 든 이쑤시개 세 통을 작살내고서 드디어 나만의 악보가 만들어졌다. 설레는 심정으로 가시면류관류를 들여다본다. 어떤 노래가 나올지 아직은 모른다.

*

월요일, 초록반 학부모들과의 개별 상담 시간이다. 단비 엄마의 상담 시간이 길어진다. 밖에선 한설하가 차례를 기다리고 있는데 단비 엄마는 신경도 쓰지 않는다. 이럴 경우를 대비해서 나는 일부러 한설하와의 상담 시간을 맨 뒤로 잡았다. 그와 데이트를 했기 때문이 아니라 그가 편부이기 때문이다.

배우자 없이 홀로 아이를 키우는 학부모의 경우, 아이에 대한 걱정과 질문이 일반 학부모에 비해 많아 그만큼 상담 시간이 길어진다. 갑자기 한설하에게 미안해진다.

단비 엄마는 남의 시간을 잡아먹으면서까지 영어 조기교육의 중요성에 대해 일가견을 설파한다.

"단비 나이에 히어링이 얼마나 중요한지 아세요? 만 1세부턴 영어 동요를 수시로 들려줘야 해요. 세 살 넘으면 이미 늦어요. 머리가 굳어버린다고요."

단비 엄마도 결국 부르주아다. 자기 생각만 옳다고 믿는, 머리가 굳어버린 부르주아. 부르주아를 상대할 시간만 줄어든대도 아이들에게 좀더 정성을 쏟을 수 있을 텐데.

상담을 마친 후 단비 엄마가 가죽으로 된 롱코트를 걸친다. 코트에 달린 허리띠를 조이자 잘록한 허리가 드러난다. 그녀가 내 앞에서 여성성을 드러내고 있다. 어떤 엄마들은 모성보다 여성성이 강하다. 그녀에게 다가가 허리라도 안아주어야 할 것 같다. 저걸 사려면 내 월급 몇 개월치를 고스란히 쏟아부어야 할까?

퇴근 후 홍대 앞 러브호텔로 류준수를 불러낸다. 나는 카운터의 직원에게서 키를 받아들고 먼저 룸을 향한다. 등뒤에서 또각또각 낯선 여자의 하이힐 소리가 조용한 복도에 울려퍼진다. 오늘따라 거슬리는군. 여성성을 드러내는 저 소리. 할 수만 있다면 달려가서 하이힐을 벗겨버리고 싶어.

나는 문을 열고 룸 안으로 들어선다. 룸 안은 고요하다. 이제껏 아무도 다녀가지 않은 것처럼, 어떤 연인도 받아준 적이 없는 것처럼.

삼십 분이 지나서야 류준수가 도착한다. 그가 룸으로 들어서자마자 바지춤부터 끄른다. 나는 공갈 담배를 입에 물고 그에게 묻는다.

"약속 있어?"

"삼십 분이나 늦었잖아. 미안해서."

나는 허공에 대고 공갈 담배 연기를 내뿜는다.

"사과할 거 없어. 내가 무슨 역 대합실 같잖아."

나는 커다란 토트백 안에서 뱀가죽 허리띠와 상자를 꺼낸다. 그러곤 목에 뱀가죽 허리띠를 두른 채 상자 속에 든 가시면류관류를 꺼내 그에게 내민다. 그가 이 가시면류관을 쓰고 고통 속에서 신음소리를 내면, 나는 목에 두른 뱀가죽 허리띠로 그의 등짝을 후려칠 것이다. 그가 의아한 표정으로 가시면류관류를 바라보며 묻는다.

"뭐 하는 거야?"

"이거 쓰고 해줘."

"이게 뭔데?"

"아직은 아무것도 아니야. 그냥 네 맘대로 불러."

"하하하, 맘에 들어. 세상은 번데기 스토리지만, 넌 번데기 스토리가 아니야."

"그럼 해주는 거지?"

"아니."

"왜?"

"머리에 주사 맞는 기분일 거 같아. 난 주사 맞는 거 무지 싫어하거든."

나는 두 말 않고 토트백 안에 가시면류관류를 도로 집어넣는다. 강요란 우리 사이에 어울리는 단어가 아니다. 그가 내 눈치를 보며 묻는다.

"화났니?"

나는 고개를 젓는다. 선심 쓰듯 그가 말한다.

"자극이 필요하면 언제든 말해. 알았지?"

"그래."

"우리 꼭 불감증에 걸린 부부 같다. 서로의 성감대에 무감해지는 부부."

"부부란 말은 빼줘. 나랑 상관없는 단어니까."

그가 픽 웃는다.

"나도 마찬가지야. 정말 화 안 난 거지?"

"걱정 마. 화 안 났어."

류준수와 나는 러브호텔을 나서서 주차장으로 향한다. 우리가 러브호텔에 밤새 함께 남아 있을 이유 없는 것이다. 그가 날 위해 머리에 가시면류관류를 쓸 이유가 없듯.

그가 낯선 사람들 앞에서 당당하게 내 어깨를 감싸안는다. 나는 그의 손을 치운다. 그리고 드러나 있는 내 차의 번호판을 의아하게 바라본다. 들어올 때 러브호텔에서 내 차의 번호판을 가려놨었는데. 누구지?

차에 오르는 나를 향해 그가 손을 흔든다. 내 차에 같이 오르겠다고 하지 않아서 다행이다. 그래, 우린 여기까지야. 늘 그래왔듯. 앞으로도 그럴 거야. 우리에게 미래란 게 있다면. 나는 차 창문을 내리며 그에게 묻는다.

"우리 다음주에 어린이대공원 갈까?"

내 제안에 그가 뜬금없다는 표정을 짓는다.

"그런 데서 나랑 데이트하고 싶니?"

"아니. 기린이 보고 싶어서."

실은 당신이랑 간다 해도 흔들리지 않을 거 같아서야. 가족의 풍경은 연출되지 않을 것 같아서.

"난 별로 보고 싶지 않은걸. 어릴 때 지겹도록 봤거든."

그가 픽 웃고는 사라진다. 나는 그의 뒷모습을 바라보며 생각한다. 어쩜 당신은 평범한 사람일지 몰라. 다른 사람들처럼 아주 평범한 사람.

차의 시동을 거는 순간 아까 그 하이힐 소리가 다시금 또각 또각 들린다. 템포가 갑자기 빨라졌다. 나는 차창 밖을 내다본다. 하이힐이 먼발치에서 날 노려보다 사라진다. 어쩐지 저 하이힐이 낯이 익다. 혹시…… 가희?

나는 차를 몰고 도로를 질주한다. 하이힐의 주인이 정말 가희가 맞다면…… 이 순간 가정은 현실보다 더 무서운 상상력을 불러일으킨다.

한설하의 아파트 근처에 주차를 하고 나서 포장마차로 달려간다. 그는 이미 거나하게 취해 있다. 테이블 위에 놓여 있는 빈 소주병들이 그의 대변인처럼 속삭인다. 이 사람, 취했어요. 더 마시게 놔둬요. 까짓거.

"우리 아파트 옆 단지 말이야."

그가 불쑥 말한다. 마치 내가 아까부터 계속 그의 옆자리에 앉아 있었던 것처럼.

"부르주아 단지?"

그가 고개를 끄덕인다.

"철조망에 똥 바른 거 내가 한 거야."

나는 풋, 웃으며 그의 잔에 소주를 따라준다.

"충동적이었지. 새벽 3시였고, 마침 지나가는 사람이 아무
도 없어서 쉬웠어. 인생은 계획대로 되는 일이 하나도 없어. 오
히려 계획하지 않은 일들로 채워지지. 계획하지 않은 일들의
연속, 그게 인생이야."

인생은 충동과 무계획의 연속이라…… 어쩐지 맘에 든다.
거기다 후회만 덧붙이면 되겠어.

그가 말을 이어간다.

"처음 결이 엄마를 만났을 때도 결혼할 맘은 없었어. 어느
날 충동적으로 일을 저질렀지. 계획 임신이란 말. 난 우습게 들
려. 결이도 우리 계획의 산물은 아니야."

"하지만 사랑했잖아. 그리고 사랑하잖아."

전자는 와이프를, 후자는 결이를 뜻한다. 그가 고개를 끄덕
이고 나서 내 얼굴을 똑바로 바라보며 묻는다.

"결혼해줄래?"

나는 그의 진지한 눈빛을 바라본다.

"계획에 없던 일이겠지?"

그는 대답 대신 묻는다.

"결이 엄마가 돼주겠어?"

"지금도 결이 엄마나 마찬가진걸?"

그는 주머니에 손을 넣는다. 여기서 제발 반지 케이스만은

꺼내지 말길. 어쩐지 상투적인 느낌이 드니까. 그러나 그가 주머니에서 꺼낸 건 케이스 없는 반지다.

"이번에는, 이번만큼은 인생이 내 뜻대로 움직여주었으면 해."

나는 대답 대신 충동적으로 그에게 손가락을 내민다. 그가 내 손가락에 반지를 끼운다. 곧 후회하게 될 것이다.

어린이집에서 항상 제일 일찍 등원하는 해님반의 한 아이가 『엄마, 나 사랑해?』란 동화책을 들고 내게 오더니 읽어달라며 내 무릎 위에 앉는다. 벌써 이 책만 수십 번째다. 해님반 아이는 이빨을 드러내며 혓바닥을 내미는 북극곰의 그림이 나올 때마다 예외 없이 자지러지게 웃는다. 오늘은 『우리 아빠가 최고야!』란 책을 이 책 뒤에 슬쩍 끼워놓았지만, 아이는 『엄마, 나 사랑해?』의 마지막 페이지까지 다 듣고 나서는 영락없이 내 무릎을 떠난다.

오늘도 가장 늦게 퇴근한다. 어린이집을 나서는 순간 핸드폰이 울린다. 발신자를 보니 가희. 빌려 신은 게 아니라면 어제 그 하이힐의 주인은 가희가 맞을 것이다. 나쁜 소식은 빨리 전해듣는 편이 낫다. 어차피 돌이킬 수 없다면.

전화를 받으니 가희가 내게 문화공간 T카페에서 만나자고 한다. 그녀에게 어울리는 장소다. 어쩜 나와 만날 새로운 장소를 생각해내기조차 귀찮았는지도 모른다. 나와는 어떤 새로움도 시도하기가. 나는 한 시간 내로 가겠다고 대답하며 차를 몰고 카페로 향한다.

비좁은 주차장에 힘겹게 주차를 하고 카페에 들어선다. 먼저 와서 나를 기다리며 앉아 있는 가희의 표정은 싸늘하다. 그녀가 옷깃 안에 적개심과 냉기를 숨기고 있다는 걸 나는 금방 알아챈다. 그래도 괜찮다. 난 추운 걸 아주 좋아하니까.

"담배 피우세요?"

"그건 왜 묻지?"

"이 카페는 전체가 금연구역이잖아요. 여기서 만나자고 한 게 실례가 되지 않나 해서요."

사무적인 친절함이 지나치군. 친절함이 사무적으로 지나쳐. 밤거리를 헤매고 다니는 정숙하지 못한 여자는 담배를 피울 거라는 저 진부한 상상력. 공갈 담배라면 피운다고 답해줄까? 아가씨, 용건만 말하는 게 어때?

"내가 왜 만나자고 했는지 알고 나오셨을 거예요."

플라스틱 컵을 내려놓는 가희의 손끝이 파르르 떨린다. 이 집은 컵이 맘에 들지 않아.

"우리 교회를 떠나주세요. 계속 나오시면 나도 어떻게 될지 몰라요."

"알았어."

대화가 더 길어지기 전에 나는 재빨리 대답한다. 가희가 허탈하단 표정을 짓는다.

식당이건 술집이건 카페건 내겐 단골이 없다. 그것은 교회도 마찬가지다. 내게 단골 교회란 없는 것이다. 난 우리교회를 언제든 떠날 수 있다. 사실 교회를 그만두는 건 쉬운 문제다. 어려운 건 가희에게 나에 대해 설명하는 것이다. 이해받길 원하지 않는 타인에게 비단뱀 이야기를 어디서부터 어떻게 꺼내야 할까?

"비밀은 지켜드릴게요. 앞으로 요한 오빠 안 만난다고 약속해주시면요."

나는 이 말에도 역시 빨리 대답한다.

"약속할게."

"나만 본 걸로 할게요. 사실 나만 봤으니까요."

말끝에 가희가 픽 웃는다. 나름 유머를 했다고 생각한 것이다.

"요한을 사랑하니?"

내 질문에 가희는 대답하지 않는다. 나는 마치 인생에서 사랑을 중요하게 여기는 부류의 사람처럼 그녀에게 채근한다.

"사랑해?"

"언닌 사랑해요?"

"넌 사랑하는 줄 알았는데."

"상관없잖아요."

상관이야 없지. 난 요한의 친누나도 아니니까. 그런데 요한을 발음할 때마다 네 표정이 너무나 차갑게 느껴진다.

교회에서 배식봉사를 하면서 들은 바론 가희의 부모님들이 요한과 가희를 결혼시킬 생각이라 한다. 부모님의 참한 딸 가희는 기꺼이 순종할 준비가 되어 있다. 객관적인 기준으로 요한은 카드게임에서도 그리 나쁜 패는 아니니까. 목사 아들과 장로 딸의 결혼. 그들이 보기엔 좋은 그림이겠지. 보기에 좋은 그림이 반드시 예술적인 가치가 있는 그림은 아니다. 그리고 정략결혼은 재벌가에만 있는 건 아니다.

"비밀은 꼭 지킬게요. 오빠도 첫사랑의 추억은 아름답게 간직해야죠."

나는 피식 웃는다. 네가 한 행동에 잘 어울리는 대사구나. 가희 양. 아주 잘 어울려.

주일이 돌아왔지만 우리교회엔 갈 수가 없다. 나는 약속을 지켜야 하고 가희는 비밀을 지켜야 한다. 둘 다 성인이니까. 어른이 된다는 건 지켜야 할 약속과 비밀이 늘어간다는 걸 의미하는 건지도 모른다.

아침 일찍 객실을 나서서 어린이대공원으로 향한다. 오늘은 지하철을 타기로 했다. 주일엔 차가 필요 없으니까. 길치인 내가 평일에 차를 몰고 다니는 이유는 언제 어디서든 비단뱀으로 변하기 위해서이고, 비단뱀으로 변하기 위한 온갖 의상과 화장도구가 차에 있기 때문이지만 주일만큼은 예외다. 주일에 비단뱀이 되는 것은 하나님의 법칙에 위배된다.

지하철이 어두운 터널을 통과한다. 유치부 아이들과 함께 탔다면 이 순간 다 함께 자지러지며 즐거운 비명을 질러댔을 것이다. 나는 고개를 저으며 픽 웃는다. 지하철에서 내리려면 아직 멀었는데 벌써부터 아이들 생각이라니.

드디어 어린이대공원후문 역에 도착한다. 나는 지하철에서 내려 정문을 향해 걷는다. 날씨는 제법 쌀쌀하지만 대공원은 나들이 나온 가족들로 붐빈다. 푸른 하늘에 하얀 구름이 솜처럼 둥둥 떠다닌다. 나는 잠시 발걸음을 멈추고 솜사탕, 이라 발음해본다. 아이들과 함께 먹고 싶다. 어쩔 수가 없다. 또 아이들 생각이다.

공원 광장으로 나와 빈 벤치를 찾아 앉는다. 늦가을 공원 벤치는 차갑다. 나는 차가운 벤치에는 그냥 앉지 말라던 한설하를 떠올린다.

가족과 공원 나들이를 나온 아이들이 신나게 동물들을 구경하고 있다. 나는 벤치에서 일어나 아이들을 따라 걸으며 차례로 동물들을 구경한다. 아이들이 원숭이와 사자 우리, 코끼리를 지나 기린 앞에 선다. 기린의 기다란 목을 보며 아이들이 신기한 듯 깔깔댄다. 아이들이 노래한다.

기린에게 묻기를
너의 목은 왜 이렇게 기니
기린 대답하기를

먼 곳을 잘 보기 위해서

기린을 바라보며 나는 생각한다. 모가지가 길어서 슬픈 짐 승은 사슴이 아니라 기린이라고. 그리고 다시 걷기 시작한다. 애들아, 너희들과 함께하지 못하는 주일은 너무 길구나. 길어 서 슬프구나.

나는 광장 한가운데를 향하며 가족들이 옹기종기 모여 있 는 여러 개의 커다란 테이블 곁을 지나간다. 부모들이 테이블 앞에서 아이들과 머리를 맞대고 종이에 낙엽과 단풍잎을 붙여 왕관을 만들고 있다. 가을의 끝물에 선 단풍잎이 선연한 자줏 빛을 뽐낸다. 드디어 낙엽과 단풍잎만으로 근사한 왕관이 만 들어진다. 아이들은 멋지게 완성된 '낙엽단풍왕관'을 머리에 쓰곤 깔깔댄다. 아이들의 머리 위에서 왕관이 서서히 자태를 뽐낸다. 주저 없이 저 왕관을 '낙엽단풍왕관'이라 불러도 될 것이다. 낙엽단풍왕관은 아이들과 자연과 어우러진 채 당당하 게 빛나고 있으니까.

나는 문득 객실에 홀로 남아 있는 가시면류관류를 떠올린 다. 누군가의 머리 위에 한번도 당당하게 쓰이지 못한, 누군가 의 머리 위에서 한번도 빛나본 적이 없는, 그래서 아직도 가시 면류관이라 불리지 못하고 있는 가시면류관류를.

집에 와서 밤새 침대 위에서 뒤척인다. 나는 억지로 눈을 감고 잠을 청한다. 새벽녘이 되어서야 겨우 잠이 든다. 꿈에서 나는 『엄마, 나 사랑해?』란 동화에서처럼 '엄마, 엄마'를 불러댄다. 그리고 '엄마, 나 사랑해?' 하고 묻는다. 엄마, 나 사랑해? 내가 북극곰이 아니라…… 비단뱀이라도? 팔이 없어 엄마를 껴안지 못해도?

한 시간은 잤을까? 핸드폰에 맞춰놓은 알람 소리에 잠이 깨어 벌떡 일어난다. 출근해야지. 내겐 아이들이 있고 난 갈 곳이 있다. 너무도 분명한 이 사실에 나는 새삼 위안을 얻는다. 서둘러 출근 준비를 하고 나서 객실을 나선다.

간절한 조바심이 나를 예정보다 일찍 어린이집으로 실어나른다. 간단한 교무회의 후에 오전 간식을 마치자 창밖으로 열매반의 한 아이가 엄마 손을 잡고 등원하는 모습이 보인다. 지각인데도 아이와 엄마의 표정엔 초조함이 없다. 그깟 오전 간식쯤이야 하루쯤 건너뛰어도 된다는 듯 둘의 발걸음은 느릿느릿 여유롭다.

아이가 어린이집 놀이터에 나란히 서 있는 화분들 앞에서 발걸음을 멈춘다. 지난봄, 저 화분들에 꽃씨를 심었는데 화분에서 자라난 싹들이 일제히 꽃을 피웠다. 그래서 아이들과 화분 앞에서 사진을 찍었는데. 그때 아이들은 활짝 핀 꽃처럼 웃었다.

아이가 입구에 도착하자 보건교사가 달려나와 아이의 체온을 재며 묻는다.

"왜 늦었어?"

"엄마…… 꽃……"

아이가 말끝을 흐린다. 보건교사가 아이의 말을 문장으로 완성해준다.

"엄마랑 꽃구경하고 오느라고 늦었구나?"

아이가 고개를 끄덕인다. 오늘따라 보건교사는 아이에게 친절하게 말을 붙인다.

"일찍일찍 와야지. 그래야 간식도 먹고 특별활동도 안 빠지지. 안 그래?"

아이는 자신의 트레이드마크인 새침한 표정을 지어 보이곤 쿵쾅거리며 교실을 향해 달려간다. 이 순간 내가 어린이집 교사라는 사실에 새삼 감사한다. 아이와 엄마가 내게 보여준 여백과, 여백에 채워넣은 풍경에 감사한다. 만일 오늘 아침, 늦잠으로 인해 출근을 하지 못했다면 지금의 이 아름다운 풍경을 만나지 못했을 것이다.

낮잠 시간이다. 결이가 웬일인지 곤하게 낮잠을 잔다. 밤잠을 설쳤나보다. 대신 단비가 교실을 휘젓고 돌아다닌다. 단비는 긴 밤을 곤하게 자고 왔나보다. 나는 다른 아이들이 깰까봐 단비를 무릎에 앉혀놓고 일일연락장을 적는다. 순간 원장이 초록반 교실 문을 열며 작게 속삭인다.

"은해이 선생님, 잠깐 나 좀 봐요."

원장이 교실로 직접 오는 일은 드문데. 무슨 용건일까? 밀고자가 벌써 다녀간 건가?

기다리지 않아도 올 것은 온다. 기다려도 오지 않는 것보다 훨씬 잔인한 표정을 감추고서. 가희 양, 이게 너의 다음 순서니?

초록반 교실을 나서서 호흡을 가다듬고 원장실 문을 연다. 원장이 평소답지 않게 의자를 내밀며 친절하게 음료수를 권한다. 잠시 후면 내게 조용히 사표 쓸 것을 권할 것이다. '비밀은 지켜줄 테니'란 단서 조항을 내밀며 말이다. 내 예상과 달리 원장은 인자한 미소를 지어 보이며 말한다.

"은 선생님, 많이 힘들죠?"

나는 의아한 표정으로 묻는다.

"뭐가요?"

"뭐긴 뭐겠어. 은 선생님이 항상 제일 먼저 출근하고 제일 늦게 퇴근하잖아. 근무 아닌 날도 나오고. 내가 모르는 줄 알았어? 얼마 전엔 막힌 변기까지 맨손으로 뚫었다며? 정말 대단해!"

원장이 아이들에게 하듯 내게 엄지손가락을 치켜든다.

"학부모들한테 모범교사 추천이 들어왔어. 교사들도 다들 은 선생님 칭찬만 해. 애들도 은 선생님만 좋아하는 거 같아. 한마디로 인기짱이야."

웬일이지? 용건이 점점 산으로 가고 있다.

원장의 입꼬리가 올라간다.

"다음 주부터 오후에 승급교육 받으세요. 한 달 동안 일찍 퇴근해. 됐지?"

승급교육이라니…… 회사로 말하자면 승진이다. 어린이집에서 1년에 단 한 명의 교사에게만 기회가 주어지는 승급교육에 내가 뽑히다니. '뽑히다'란 단어는 나하곤 상관없는 단어인 줄만 알았는데.

"나가봐. 가서 힘내서 일해. 우린 상 받으면 힘나잖아."

원장이 찡긋 윙크까지 한다. 나는 그 자리에 꼼짝 않고 계속 서 있는다.

"뭐해? 감동 먹었구나?"

"감, 감사합니다."

그제야 나는 깍듯이 인사를 한다.

"어유, 내가 그래서 이뻐하잖아. 우리 은 선생님. 겸손해서."

깐깐하기로 소문난 원장이 방금 '우리'라는 표현을 했다. 그건 이제 내 편이 되었단 뜻이다. 오늘의 동지가 내일은 야수로 돌변할지라도 내일 일은 내일 생각하련다. 지금 당장 밀고자가 들이닥친다 해도, 나는 오늘 여러 개의 꽃씨를 심을 것이다. 여기 바로 이 어린이집에서 나의 아이들과 함께.

퇴근길에 요한에게서 전화가 온다. 우리교회를 나가지 않은 두 주 동안 요한에게서 매일같이 핸드폰으로 연락이 왔지만 나는 받지 않았다. 이별은 잔인해야 하고, 잔인할수록 효과가 큰 법이니까. 너도 그랬잖아, 요한. 희망고문 따위는 하지 않는다고.

지난번처럼 총무를 통해 나와의 통화에 성공한 요한은 오늘 자길 만나주지 않으면 내일부터 어린이집으로 쳐들어오겠다고 협박을 한다. 한설하와 선약이 되어 있지만 요한을 만나야 할 것 같다.

나는 한설하에게 전화를 해서 오늘 저녁도 힘들 것 같다고 말한다. 일방적으로 약속을 두 번이나 미뤘는데도 그는 화내지 않는다. 내게 청혼한 이후 그는 화내는 법이 없다. 대개의 남자들은 일단 자기 여자가 되면 친절한 남자에서 불친절한 남자, 화내는 남자로 바뀌는데 한설하는 정반대다. 그는 일반적인 남자가 아니기 때문이다. 물론 나는 한설하의 여자가 아니다. 나는 누구의 소유물이 될 수 없고, 그 누구도 절대로 누군가의 소유물이 될 순 없다. 나는 나에게만 속한다. 나는 오로지 내게만 속하는 존재인 것이다.

그가 전화기에 대고 농담 반 진담 반으로 묻는다.

"다른 남자가 생긴 건 아니고?"

진담 반 농담 반으로 내가 답한다.

"다른 남자가 생긴 건 아니고, 다른 남자가 있어서……"

그는 더이상 묻지 않는다. 나도 더이상은 말하지 않는다. 전화를 끊고 나서 차에 올라 요한이 나와 달라는 장소로 향한다.

요한이 정한 장소는 한강시민공원이다. 나는 시민공원 주차장에 주차를 하고 나서 나를 기다리는 요한에게 간다. 요한이 차 문을 열자 나는 그의 차안으로 오른다.

그가 왜 여기를 만남의 장소로 택했는지 헤아려보기도 전에 퍽! 요한의 주먹이 날아온다.

"나쁜 년."

퍽퍽! 다시 한번 요한의 주먹이 날아온다. 이것은 그의 대본이지 내가 생각한 대본은 아니다. 그의 대본은 읽기가 힘들다. 한마디로 나쁘다.

퍽퍽퍽! 요한의 상태가 점점 악화된다. 한 번의 폭력보다 여러 번의 폭력이 더 나쁘다. 나는 손등으로 입가를 훔친다. 피가 손등에 묻어나온다. 입술이 터진 것이다.

"밤마다 야하게 차려입고, 이 남자 저 남자랑 술 마시고, 모텔 드나든다며?"

한 번의 미행이 아니었구나. 한 번의 미행보다 여러 번의 미행이 더 나빠. 가희 양.

"그렇게 좋디?"

"……"

"그 새끼들 품속이 그렇게 좋아? 나보다 좋아? 응? 말해봐!"

요한이 불같이 화를 낸다. 이 순간 운전석이 물침대로 변한다면 좋겠다. 그럼 바늘로 찔러서 터져나오는 물로 그의 화를 식혀줄 수 있을 텐데.

요한이 내 어깨를 잡고 마구 흔든다. 헝겊으로 만든 인형처럼 나는 척추도 없이 흔들린다.

"말해봐. 말해보라고!"

나는 침묵으로 답한다. 억지로 대답을 강요하는 상대에게 침묵만한 답은 없으니까.

"난 네가 처음이었어. 날 이렇게 짓밟아도 되는 거야?"

큭, 웃음이 나온다. 이런 상황을 주객전도라고 하지. 밟힌 건 나야. 지금 당하고 있는 건 네가 아니라 나라구.

요한이 내 머리를 잡아당겨 쥐고 흔든다. 이번엔 내 머리를 짓밟기로 했나보다.

"그러고도 네가 선생이야? 그 더러운 입으로 뭘 가르쳐?"

요한이 주먹으로 운전대를 쾅! 내리친다. 운전대는 조금 흔들리고는 금방 멈춘다. 요한의 주먹도 많이 다친 것 같진 않다. 다행이다. 그가 아직은 고통의 수위를 조절할 수 있을 정도로 제정신이라는 것이.

"너랑 같은 하늘 아래서 숨쉬는 게, 같은 하나님을 믿는 게 수치스러워. 어떻게 하늘을 쳐다봐? 부끄러워서……"

내 앞에서 옷을 벗은 건 너희들인데 내가 왜 수치심을 느껴야 해? 난 내 자신의 체온도 감당하지 못하는 인간인데. 인간들이 죽었다 깨어나도 성경 속 인물이 될 수 없는 게 왜인지 알아? 수치심을 모르기 때문이야. 적어도 아담과 하와는 부끄러움이 뭔진 알았거든.

요한이 울기 시작한다.

"흐흑. 왜 날 이렇게 괴롭히는 거야? 응? 왜 이렇게 실망을 시켜. 내가 누날 얼마나 사랑하는데……"

요한이 피멍 들어 퉁퉁 부은 내 얼굴을 바라본다. 내 입가에 묻은 피를 바라보자 요한의 울음소리가 커진다.

"누날 이렇게 만들다니…… 용서해줘. 흑흑흑."

요한이 내 입가에 묻은 피를 자신의 입술로 닦아준다. 그러고는 나를 안고 흐느낀다.

"사는 건 죄야. 날마다 죄가 쌓여. 우린 약해서 신에게 기대는 게 아니야. 악해서 의지하는 거라고."

죄를 반복해서 지으니까 그렇지. 한 번은 실수지만 두 번은 고의야. 미행도 폭력도 전부 고의야. 인간만이 고의로 죄를 저질러. 단 한 번의 실수도 고의로 저지른다고. 왜냐고? 악하니까. 네 말이 맞아, 요한. 인간은 악한 존재야. 하지만 난 달라. 비단뱀이거든.

요한이 울면서 내 품을 파고든다. 나는 요한을 밀어내며 달래듯 말한다.

"잠깐 기다릴래?"

요한을 차안에서 기다리게 해놓고 나는 시민공원에 주차해놓은 내 차를 향해 달려간다. 내 차에 도착해서 트렁크를 열고 커다란 토트백을 꺼낸다. 그리고 토트백을 메고 요한의 차를 향해 달려간다. 나는 다시 요한의 차에 오른다. 그러나 요한은 자리에 없다. 잠시 후 캔맥주를 사들고 온 요한이 차에 오른다. 요한이 내게 캔맥주를 내민다. 나는 캔맥주를 받아드는 대신 차문을 잠근다. 요한이 잠시 움찔한다. 긴장한다면 떳떳하지 않은 것이다. 떳떳하다면 긴장할 필요는 없으니까.

나는 토트백에 든 상자를 꺼낸다. 그리고 상자에서 가시면류관류를 꺼내 요한에게 내민다.

"이거 쓰고 해줄래? 밤새워서 만들었어."

요한이 스티로폼과 색종이 그리고 이쑤시개의 조합인 가시면류관류를 기가 막힌 듯 바라본다.

"이게 뭐야?"

"가시면류관이라고 해둘게. 아직은 아니지만."

"가시면류관?"

"이걸 쓰고 하면 예수랑 하는 기분이 들 거 같아. 예수랑 섹스하면 어떨지 정말 궁금했거든."

요한의 눈이 휘둥그레진다.

"이걸 쓰고 카섹스를 하자고?"

나는 고개를 끄덕인다. 내 눈빛은 어느 때보다 진지하다.

"하아하아하아,"

웃음인지 탄식인지 모를 신음소리가 요한에게서 흘러나온다.

"나더러 예수 코스프레를 하란 거야? 정말 끝까지 날 비웃는구나."

"싫으면 거절해도 돼."

"넌 진짜 또라이야. 미친년이라구."

요한이 실성한 듯 웃는다. 후회의 눈물이 채 마르지 않은 요한의 눈가에 다시금 비웃음의 눈물이 고인다.

바다 같은 기쁨

어린이집이 아침부터 분주하다. 저녁에 〈좋은 부모 되기〉란 제목의 학부모 초청 강연회가 있기 때문이다. 나는 교사들과 의자를 2층 강당에 원형으로 배치해놓는다. 일자 배열은 딱딱하고 재미없을 거 같다는 나의 아이디어가 반영된 것이다. 요즘 어린이집에선 내 의견에 반대하는 사람이 거의 없다. 내가 하는 일을 되도록이면 좋게 보려는 견해가 생긴 것이다. 물론, 나는 이들의 견해를 이용해 내 이익을 추구할 맘은 추호도 없다.

의자 배치를 끝내고 1층으로 내려와 방명록을 어린이집 입구 테이블에 비치해놓는다. 어린이집의 막내교사인 열매반 선생님이 방명록 옆에 붓펜을 가지런히 내려놓는다. 사슴반 선생님이 다가와 붓펜을 보며 피식 웃는다.

"결혼식장도 아니고 웬 붓펜? 볼펜으로 바꾸는 게 낫지 않아?"

열매반 선생님이 내 눈치를 보며 손가락을 입에 대고 쉿! 한다. 이 역시 나의 아이디어이기 때문이다. 결혼식장에서만 붓펜을 써야 한다는 생각은 편견이니까.

강연 시간에 맞춰 학부모들이 하나둘씩 어린이집 안으로 들어오기 시작한다. 교무실을 지키던 무지개반 선생님이 내게 단비 엄마라면서 전화를 바꾸어준다. 평소에 비해 유난히 행동이 빠른 걸 보면 교사들 사이에서도 단비 엄마는 무서운 존재인가보다. 보이지 않아도 사람의 행동을 조종한다.

나는 교무실로 달려가 전화를 받는다. 단비 엄마는 갑자기 오늘 강연회에 불참 의사를 알려온다. 대신 단비 아버지가 단비를 데리러 갈 것이라고 말하곤 내 답을 듣기도 전에 전화를 끊어버린다. 그녀의 목소리가 평소와 달리 냉랭하다. 왜지?

단비 엄마는 오늘 어린이집 연말 행사로 강연회가 끝난 후에 '최고의 부모상'을 받기로 되어 있었다. 어린이집에선 단비 엄마에게 줄 '최고의 부모상'의 상패와 부상까지 준비했다. 그런데 정작 수상자가 나오지 않겠다는 것이다. 나는 그녀에게 깜짝 선물을 하려고 이 사실을 일부러 알리지 않았다. 그녀가 상을 받는다는 걸 미리 알려주었어야 했나?

나는 전화를 끊고 입구에서 학부모들을 맞이한다. 머릿속으론 분주하게 단비 엄마를 대신할 대리 수상자를 떠올린다. 당연히 단비 아버지가 되어야 할 것이다. 그동안 한번도 단비 아버지를 본 적이 없다고 생각하는 순간, 한설하가 입구로 들어선다. 그의 표정은 내게 두 번이나 바람맞은 것에 대해 서운한 감정을 감추느라 애쓰는 기색이 역력하다.

붓펜을 들고 한설하가 방명록에 자신의 이름을 사인한다. 시인이라 사인도 멋지다.

"이 강연 들으면 정말 좋은 부모 되나요?"

한설하는 다른 선생님들이 눈치채지 못하게 내게 농담을 건네며 강연회 장소로 올라가는 걸 몇 초라도 연장하려 한다. 내가 머뭇거리는 동안 학부모들이 계속 들어와 입구가 혼잡해진다. 순간 한 남자가 혼잡한 현관을 비집고 급하게 입구로 들어선다. 나는 화들짝 놀란다. 남자는…… 류준수다. 여긴 어떻게 안 걸까. 내가 어린이집 교사란 말은 그에게 한 적이 없는데. 지금은 비단뱀으로 변할 수도 없는데 왜 여기까지 찾아온 거지?

류준수도 나를 보자 깜짝 놀란다. 순간 한설하가 류준수와 나를 번갈아 본다. '두 사람, 아는 사이야?' 하고 묻고 싶은 저 표정. 적개심과 경쟁심을 동반한 두 남자의 시선이 허공에서 짧게 그리고 강렬하게 부딪쳤다가 흩어진다. 초조함과 궁금증을 뒤로하고 한설하는 강연회가 열리는 2층으로 올라간다.

나는 류준수에게 작은 소리로 묻는다.

"여긴 어떻게……"

류준수는 감정이 실리지 않은 목소리로 답한다.

"류단비 아빠데요. 단비 데리러 왔어요."

그동안 그토록 궁금해 마지않았던 남자. 단비 엄마 덕분에 덤으로 행복할 것 같았던 남자. 단비 엄마랑 참으로 바람직한 그들만의 집에서 살고 있는 남자는 바로 류준수였던 것이다. 류준수는 원장이 내미는 상패와 부상을 무표정하게 받아든다. 그러곤 강연도 듣지 않고 단비를 데리고 어린이집을 나선다.

강연은 끝났지만 내용이 무엇이었는지, 누가 마이크를 잡았는지 하나도 기억나지 않는다. 단비가 류준수의 품에 안겨 돌아갈 때 내게 방긋 웃으며 손을 흔들어주었다는 것밖엔.

교사들이 전부 퇴근한 뒤 나는 교무실에 남아 초록반의 생활기록부를 꺼낸다. 그리고 단비의 생활기록부를 펼친다. 단비 아버지 이름란에 류준수라는 세 글자가 똑똑히 적혀 있다. 호텔에서 처음 그의 명함을 받아들었을 때부터 어쩐지 이름이 낯설지가 않았다. 하지만 그가 단비 아버지일 거라는 상상은 하지 못했다. 그가 누군가의 남편이자 아빠일 거란 생각은.

한밤중 비단뱀이 되어 거리를 배회할 때는 우연이란 단어는 좀처럼 떠오르지 않는 법이다. 비단뱀은 거리든 술집이든 똬리를 틀고 눈에 불을 켠 채 대기하다가 먹이를 발견하는 순간, 잽싸게 물어버리고 거기에 우연이란 상황은 끼어들 틈이 없으니까.

게다가 나는 아이들의 생활기록부를 자주 들춰보는 교사는 못된다. 나는 아이들이 단독주택에 사는지, 몇 평짜리 아파트에 사는지, 차종은 무엇인지, 부모의 직업은 무엇인지, 어린이집에 이따금 간식 후원을 해줄 수 있는지, 특별활동비는 제때낼 수 있는지를 생활기록부로 꼼꼼히 살펴보는 원장이 아닌 것이다. 오히려 나는 아이들에 대한 편견을 갖지 않기 위해 생활기록부를 학기초에 한번 보곤 일부러 잊어버린다.

나는 생활기록부에 그려진 단비네 약도를 자세히 바라본다. 얼마 전 이사했다는 단비네 집은 어린이집에서 비교적 먼거리에 있었다. 그리고 나만의 객실에서 그리 멀지 않은 곳에…… 뛰어봤자 벼룩, 우물 안 개구리란 속담을 떠올리며 피식 웃는다.

류준수, 그동안 우리가 거리에서 우연히 마주쳤다 해도, 혹은 모르고 그냥 지나쳤다 해도, 가끔은 '우연'이 겹쳐졌다 해도, 나는 그걸 필연이라 부르지 않겠어. 그건 그냥 우연의 연속이었을 뿐.

한밤중, 케이크 상자를 들고 한설하의 아파트 벨을 누른다. 그가 기다렸다는 듯 나를 환하게 맞이한다. 나는 안으로 들어서서 먼저 결이의 방으로 간다. 결이는 곤하게 자고 있다. 나는 두 손을 저절로 모은다. 결이를 위한 기도가 하고 싶어서다. 그러다 한설하를 보곤 픽 웃으며 도로 두 손을 내린다. 대신 결이의 볼에 입맞춤을 한다. 결이의 입가에 미소가 피어난다. 좋은 꿈이라도 꾸고 있나보다. 꿈의 내용이 궁금하다. 저 나이 때, 내 꿈의 내용은 무엇이었지? 내 꿈은…….

한설하가 나와의 첫 만남을 떠올린 듯 미안한 표정으로 말한다.

"기도해도 되는데."

나는 화제를 바꾼다.

"강연은 어땠어?"

"음…… 괜찮았어."

"요지가 뭐였어?"

"그거 물으러 온 거야?"

"아니. 파티하러."

나는 검은색 네일아트를 한 손을 장난스럽게 내보인다. 그가 날 번쩍 안아서 자신의 방으로 간다.

"기대되는걸?"

책상 위에 놓인 노트북 모니터에서 커서가 깜박이고 있다. 시를 쓰고 있었구나…… 언제부터야? 언제부터 다시 쓰기 시작한 거야?

그가 내 귀에 대고 속삭인다.

"요지는 바로, 은해이지."

나는 픽 웃는다. 그가 다정하게 묻는다.

"여자의 일생에서 최상의 비즈니스 시기가 언젠 줄 알아?"

"글쎄?"

"아이가 영유아일 때래. 이 시기에 아이한테 가장 잘할 수 있으니까 잘하래."

"결론은 잘할 수 있을 때 잘하자 그거네?"

그가 고개를 끄덕이고는 이내 갸웃한다.

"근데 왜 여자의 일생이라 그랬지? 나처럼 아빠가 키우는 사람도 있는데……"

"차별하고 싶었나보지. 배 아파 낳은 사람은 엄마니까."

언젠가 내가 아이를 갖게 된다면 나는 마취도, 고통을 줄이는 주사도 없이 애를 낳을 것이다. 마취 상태에서 경험하는 고통은 고통이 아니다. 나는 최대한 고통스럽기를 원한다. 나는 고통의 한가운데서 아이를 낳을 것이다. 신음소리 따윈 내뱉지 않을 것이다. 나는 가위를 들고서 직접 아이의 탯줄을 자를 것이다. 그리고 갓 태어난 아이를 품에 안고 마주보며 웃을 것이다. 나는 그 웃음을 고통 속의 환희라 부를 것이다.

그가 케이크 상자를 바라보며 묻는다.

"혹시 내가 홀아비라서 나한테 잘해주는 거야?"

"지금 좀 유치한 거 알아?"

"사랑에 빠지면 누구나 유치해지는 거 아닌가?"

사랑, 이라고. 그가 감히 입 밖으로 사랑이란 단어를 내뱉는다.

난 사랑이란 단어를 안다 해도 말할 수가 없어. 언젠가 난 결심했어. 아이들이 아닌 성인이 된 누군가를 향해 '사랑'이란 단어는 절대 내뱉지 않겠다고.

나는 픽 웃으며 고개를 젓는다. 그리고 주머니에서 얼마 전 그가 끼워준 반지를 꺼내 케이크 상자 위에 올려놓는다.

"부탁이 있어."

그가 반지를 바라보며 불안한 기색으로 묻는다.

"이별 파티는 아니지?"

"아까 어린이집에서 마주친 남자, 누군지 알아?"

"알아. 학부모잖아."

"나도 오늘 알았어. 그 남자가 학부모란 거."

"그래서?"

"그 남자랑 했어. 무슨 뜻인지 알아?"

"그 남자 때문에 그동안 저녁약속 펑크낸 거야?"

"아니. 그건 다른 남자 때문이야. 다른 남자하고도 했어."

그가 잠시 침묵한다. 그리고 애써 밝은 표정을 지으며 말한다.

"파티할까? 그 남자랑 다른 남자 때문에 우리 파티를 망칠 순 없잖아."

나는 케이크 상자를 연다. 상자 속에 든 건 가시면류관류다. 그가 의아한 표정을 짓고는 곧 거둔다. 그도 알고 있다. 그나 나나 파티에 케이크가 필요한 나이는 지났다는 걸.

나는 진심을 담아 그에게 부탁한다.

"이걸 쓰고 해줘. 만일 거절하면 내 마음이 몹시 아플 거야."

그는 가시면류관류를 집어들고는 한동안 바라본다. 그리고 천천히 머리로 가져간다. 그는 가시면류관류를 잘 썼냐는 표정으로 나를 바라본다. 나는 조금 비뚤어진 가시면류관류를 바로 해준다. 스티로폼에 박힌 이쑤시개가 그의 이마를 건드린다. 그가 따끔거린단 표정을 짓는다.

나는 기다렸다는 듯 그 앞에서 허물을 벗기 시작한다. 마지막 허물까지 전부 벗고 나서 그의 싱글 침대로 가 눕는다. 그도 침대로 와 눕는다. 나는 그를 끌어안는다. 당신이 아팠으면 좋겠어. 아프면서 행복해하면 좋겠어. 그래야 이름 없는 이 모자를 비로소 가시면류관이라 부를 수 있거든.

나는 인조 손톱으로 그의 등을 거칠게 할퀸다.

"허억,"

그가 신음을 토해낸다. 하지만 내 손톱은 가짜이므로 그가 아무리 아프다고 호소해도 나는 진짜라 믿지 않을 것이다.

"쉬잇,"

나는 손가락을 그의 입술에 갖다대며 조용히 하라는 신호를 보낸다. 지금 곤하게 자고 있는 결이를 잠에서 깨게 할 순 없다. 결이 나이의 영유아는 밤 10시에서 새벽 5시까지는 깨지 않고 깊은 잠을 자야 한다. 그래야 성장호르몬이 잘 분비되고 키가 쑥쑥 자라나 성장에 방해가 되지 않는다. 게다가 결이가 깨면 내가 비단뱀이란 걸 들키게 될 텐데, 말이 잘 통하지 않는 결이에게 손짓 발짓까지 동원해서 비단뱀에 대해 설명을 하려면 많은 시간과 인내가 필요할 것이다.

나는 그의 머리에 씌운 가시면류관류를 두 손으로 꽈악 조인다. 그가 고통스러운 표정으로 나를 바라본다. 나는 그의 고통을 직시한다. 고통이란 참으로 인간적인 것이다. 견디기 힘드니까. 사랑 역시 그러한 것이다.

그가 이 고통을 참아냈으면 좋겠다. 이를 악물고 받아들였으면 좋겠다. 만일 이 고통에 새로움이 없다면, 이게 다만 다른 고통들과 다를 바 없는 비슷한 고통에 불과하다면, 처음부터 다시 시작해야 하니까.

그가 고통을 토해내듯 말을 내뱉는다.

"넌 사랑을 몰라. 네가 가르치는 아이들만큼도 모른다. 네가 지금부터 죽을 때까지 나만 사랑해도…… 내가 지금부터 죽을 때까지 널 사랑하지 않아도……"

나는 그의 머리에서 흘러내리려는 가시면류관류를 힘주어 꽈악 조인다.

헉, 그가 신음소리를 내며 말을 잇는다.

"내 사랑을 절대 따라오지 못할 거야."

"쉬쉬쉬잇—."

나는 뱀 소리를 내며 그의 입을 틀어막는다. 부탁이야. 신음소린 내지 마.

그의 등과 이마에 피가 맺힌다. 그의 악문 입술에도. 드디어 가시면류관류가 주인을 만나 비로소 가시면류관으로 태어나는 순간이다.

내 온몸이 땀으로 뒤덮인다. 나는 그에게 속삭이듯 묻는다.

"좋아?"

그의 눈에 이슬이 맺힌다.

나는 속으로 외친다. 말해! 바다 같은 기쁨이라고, 어서 말하라고!

"넌 미쳤어. 그래서 사랑한다. 제정신으론 이 세상을 살아갈 수 없으니까."

비단뱀의 비늘 위로 그의 눈물이 떨어진다. 뜨거워서 견딜 수가 없다. 그의 슬픔이 너무 뜨거워서. 나는 그의 슬픔을 어루만져줄 수가 없다. 만지고 싶어도 그럴 수가 없다. 나는 팔도 손목도 없는 비단뱀이니까.

인간이 타인의 위로에 의지한다는 건 다 헛소리다. 타인이 타인을 대체 얼마나 위로할 수 있단 말인가? 얼마나 진심으로, 얼마나 순정하게. 사실 인간은 고작해야 자신의 위로에 기댈 수밖에 없는 존재다. 아니 자기 자신조차 제대로 위로할 줄 모른다.

이봐, 한여름의 눈. 미치지 않고는 살 수가 없는걸. 나, 이번 피서지는 잘못 골랐어. 너무 더워. 아무리 더위를 식히려 해도 가시지가 않아. 꽝이야. 완전 꽝이라구.

퇴근길에 류준수와 처음 만났던 JJ바에서 다시 만나기로 한다. 오늘 그와 헤어질 것이다. 누군가를 처음 만났던 장소에서 헤어진다는 건 멋진 일이다. 그러면 바로 그 장소에서 또다른 누군가와 시작할 수 있고, 끝이라는 단어는 그 순간 시작이 된다.

선글라스를 끼고 JJ바에 들어서니 루이 암스트롱의 노래 〈Kiss Of Fire〉가 흘러나오고 있다. 나는 바 한구석에 앉아 공 갈 담배를 입에 물고 다이어트 코크를 주문한다. 루이 암스트 롱의 목소리는 평생을 진짜 담배만 피워온 사람처럼 들린다. 그는 공갈 담배를 피워본 적이 있을까? 만일 그랬다면 지금부 터 그를 좋아할 수 있을 것 같다.

나는 선글라스를 벗어 테이블 위에 올려놓는다. 그리고 위 스키 온더록스 잔에 다이어트 코크를 따라 마신다. 여기까지 는 기억이 나는데 그날 내가 입은 의상은 무엇이었지? 기억이 나질 않는다. 그의 첫인상도, 그와 나눈 대화도, 첫 섹스도, 그 후의 만남도, 아무것도.

사람의 두뇌가 자신이 기억하고 싶은 것만을 기억하는 능 력만 지닌 건 바람직한 일이다. 누군가도 그랬듯이 온갖 너저 분한 기억들을 머릿속에 전부 집어넣고 산다면 사람의 두뇌는 쓰레기통이나 다름없으니까.

〈Kiss Of Fire〉가 끝나갈 무렵 류준수가 바 안으로 들어선 다. 그러곤 내 옆에 앉자마자 위스키를 주문하고 나서 따지듯 묻는다.

"왜 그랬어?"

"뭘?"

"왜 어린이집 교사라고 말 안 했어?"

나는 대답 대신 빙그레 웃는다. 그리고 원망하듯 묻는다.

"왜 그런 부인이 있다는 거 말 안 했어?"

"그런 부인이 어떤 부인인데?"

"그렇게 근사한 부인이지."

"그럼 뭐해? 우린 섹스 안 하는데……"

"단비는 자기네 섹스의 결과물 아닌가?"

"단비는 내 친딸이 아니야."

나는 놀라지 않는다. 이런 일은 흔하니까. 흔치 않은 일이라 해도 놀라지 않았을 것이다. 나는 그에게 묻는다.

"재혼했어?"

그가 고개를 젓는다.

"친자확인을 해봤지. 우린 다만 발가락이 닮았을 뿐이야."

그게 네 방황의 이유야? 단비가 친딸이 아니란 것이? 방황의 이유치곤 좀 신파 같네.

"단비 엄마도 알아?"

"아니. 죽을 때까지 모른 체할 거야. 그리고 죽을 때까지 괴롭힐 거야. 그녀든 나든 누군가 먼저 죽을 때까지."

그가 위스키를 스트레이트로 위 속에 퍼붓는다. 나는 그에게 묻는다.

"헤어지는 건 생각해봤어?"

"그녀를 괴롭히는 방법은 생각해봤지. 그 생각을 실행에 옮기는 걸로 남은 일생을 보낼 거야."

"날 만나는 것도 그녀를 괴롭히는 방법 중 하나야?"

그가 고개를 끄덕인다. 나는 덧붙인다.

"이젠 과거로 남겠지만."

"미안해."

그가 사이를 두었다가 다시 말한다.

"미안했어."

그도 우리가 이제는 서로의 과거임을 인정하고 있다.

"왜 인생을 그런 식으로 낭비하지?"

"그녀를 사랑하니까."

그래. 그것이 네가 누군가를 사랑하는 방식이라면 그렇게 해. 그건 나의 방식이 아니라 너의 방식이니까.

그가 반문한다.

"누군가를 사랑하는 일은 어차피 낭비 아닌가?"

그렇다. 성인이 된 누군가를 사랑하는 일은 소모전이다. 시간과 돈과 감정을 낭비하는 소모전. 아이들은 사랑하면 사랑할수록 에너지가 생겨나지만, 어른들은 사랑할수록 에너지를 빼앗겨버린다.

그가 한숨을 쉰다.

"난 일생을 낭비만 하다 갈 거야. 태어나서 한번도 생산적인 일을 한 적이 없어. 온종일 버려질 시나리오를 읽고, 평생 함께하지도 않을 사람들을 만나고, 형식적인 비즈니스를 하고……"

나는 공갈 담배를 폐 속까지 깊숙이 들이마시고는 그의 얼굴을 향해 연기를 내뿜는다. 그가 진짜 담배 연기를 마시기라도 한 듯 얼굴을 찌푸린다. 나는 그에게 손을 내민다.

"마지막으로 어때?"

그가 내 손을 잡는다. 이것은 우리의 마지막 악수가 될 것이다. 우리는 그대로 손을 잡은 채 호텔 룸을 향하는 엘리베이터에 올라탄다.

룸 안에 들어오자마자 나는 침대로 가 눕는다. 나는 누운 채 그의 얼굴을 처음이자 마지막으로 자세히 바라본다. 아프지 않다. 다시는 오지 않을 이 순간이.

류준수가 자신의 십팔번을 내뱉는다.

"기본이 안 돼 있어. 기본이……"

나랑 하는 순간에도 그는 계속 그녀 안에 빠져 있다.

"그 여잔 결혼의 기본도 모르는 나쁜 여자야."

"결혼의 기본이 뭔데?"

"배우자에 대한 정절."

그의 대사에 우리는 함께 웃는다. 마지막으로.

*

  드디어 승급교육이 끝났다. 내일부터는 어린이집 정상근무를 한다. 내일부턴 전처럼 가장 먼저 출근하고 가장 늦게 퇴근할 것이다. 이제 온종일 아이들과 보낼 수 있다. 생각만 해도 설레고 들뜬다.

  객실로 돌아와 창문을 열고 대청소를 시작한다. 주말에 다른 객실로 옮기게 되었으니 오늘이 마지막 청소가 될 것이다. 이 객실은 청소부가 따로 없고 손님이 청소를 겸한다. 이 객실 손님인 나는 마침 여행객인 터라 짐이 단출하다. 귀중품도 따로 싸둘 일은 없다. 가발, 하이힐, 부츠, 미니스커트, 무대의상, 화장도구, 선글라스, 우산, 콘돔 등의 물건들은 언제나 차 트렁크에 보관하고 있으니 말이다.

  청소를 마치고 산세비에리아 선인장에 물을 주는데 핸드폰의 문자 수신음이 울린다. 우리교회 유치부의 예슬이다.

  샘! 왜 안 나와요? 혹시 성령으로 임신했어요?

  '임신'이란 단어에 픽 웃음이 나온다. 동시에 아이들과 한마디 작별 인사도 없이 잔인하게 이별을 했다는 생각에 코끝이 쩡해진다. 내 잘못이다. 내가 비단뱀이라는 사실로 인해 아이들에게 피해를 주어선 안 됐는데.

오랜만에 밤 산책을 나선다. 이 동네로 객실을 정한 이후 한 번도 가보지 않았던 산중턱에 있는 공원을 향해 걷는다. 길치인 나를 이정표가 친절하게 공원으로 안내한다.

찬바람이 볼을 스쳐간다. 상쾌하다. 하지만 바람이 아무리 세게 불어온다 해도 옷깃을 여미진 않을 것이다. 바람은 나의 체온을 떨어뜨리지 못할 테니까.

공원 정상에 올라 머리 위로 펼쳐진 하늘을 올려다본다. 바람이 불어오고 별들도 반짝인다. 밤하늘의 별을 세며 아이들 이름에 별을 붙여 하나하나 불러본다. 아이들 별이 빛난다. 아이들은 반짝반짝 빛나는 별들이다.

별을 바라보며 깊이 심호흡을 한다. 가슴이 충만해진다. 그래서 시인은 하늘과 바람과 별에 시를 덧붙여 노래했나보다. 나는 다시 발걸음을 돌려 이정표대로 걷기 시작한다.

돌아오는 길에 며칠째 어린이집에 무단결석중인 단비를 내일은 꼭 찾아가리라 결심한다. 그 집에서 류준수를 만나게 되더라도 악수를 청하진 않을 것이다. 마지막 악수의 시간은 지나갔고 지나간 것이 되돌아오는 법이란 없다.

나는 슈퍼에 들러 비싸지 않은 와인 한 병을 고른다. 오늘 객실 1호실과 단둘이 작별 파티를 할 예정이다. 1호실은 그동안 나의 수많은 비밀을 묵묵히 지켜봐왔는데 파티도 없이 헤어진다면 얼마나 서운할 것인가.

계산대에 와인을 내밀자 슈퍼 주인이 유난히 친절한 미소를 보이며 "파티하시나봐요"라고 말을 건넨다. 그러곤 와인을 와인 따개와 함께 박스에 넣어 정성스레 포장해준다. 이렇게 친절한 가게였단 걸 떠나는 순간 알게 되다니.

와인을 사들고 객실 문 앞에 도착한다. 문을 열려는 순간 모자를 눌러쓴 강도가 뒤에서 내 등에 칼을 들이댄다. 섬쩍지근한 느낌이 외투를 입었음에도 맨살을 후비고 들어오는 기분이 든다. 강도가 칼을 잡은 손에 힘을 주며 객실 문을 열라는 신호를 한다.

금품을 노리는 강도는 아닐 거야, 생각하며 나는 객실 문의 비밀번호를 누른다. 문이 열리자 강도가 내 등에 계속 칼을 댄채 나를 따라 객실로 들어선다. 칼은 영화에 흔히 나오는 장면처럼 신문지 안에 돌돌 말려 있다.

"씨발, 여자가 밤늦게도 싸돌아다니네. 얼마나 추웠는지 알아?"

강도가 객실 주인에게 화를 낸다. 강도 주제에 주인에게 욕을 하고 귀가 시간을 탓하는 것이다. 강도가 테이블 위로 신문지에 싸인 칼을 올려놓는다. 그러고는 모자를 벗으며 커피를 타오라고 한다.

강도가 얼굴을 든다. 강도는…… 뉴스에 흔히 나오듯 주변 인물인 요한이다. 신문지에 싸인 칼은 영화에 흔히 등장하듯 50센티미터의 눈금자다. 저따위 눈금자로 날 협박하다니. 이래서 내가 뉴스도 영화도 안 보는 거야. 현실이 모방한다니까.

"와인은 어때?"

나는 강도에게 커피 대신 와인을 권한다. 어차피 오늘밤 객실과 단둘이 작별 파티를 하는 건 글렀으니까.

강도가 답한다.

"안 될 건 없지."

나는 강도에게 와인을 내민다. 그리고 커피잔을 가져온다. 누추한 객실이라 와인잔이 없는데다, 설령 있다 해도 강도에게까지 구색을 갖춘 친절을 베풀기 싫어서다. 나는 강도에게 커피잔에 와인을 따라준다. 강도가 와인을 연거푸 벌컥벌컥 들이켜더니 객실 한구석에 놓인 커다란 여행 가방을 바라본다.

"어디 떠나?"

"말해줄 거라 생각해?"

나는 강도에게 와인을 마저 따라준다. 마지막 와인 한 방울까지 들이켠 강도가 새삼 간 큰 강도로 돌변한다. 강도가 나를 거칠게 바닥에 쓰러뜨린다.

"나한테 왜 이러니? 요한."

강도가 씩씩댄다.

"복수할 거야."

이게 너의 방식이야? 이렇게 아무렇게나 살면서 너의 삶에 복수하는 게?

"난 너 같은 것들을 보면 짓밟고 싶어져. 너처럼 아무렇게나 막사는 것들을 보면 막 대하고 싶어진다구. 넌 발정난 암캐야."

나는 웃고 싶어진다. 그가 거짓말을 하고 있으니까. 너에게 욕정 말고 다른 이유가 있니? 그런데 어쩌지? 나에 대한 너의 욕정은 거짓인걸. 난 발정난 암캐가 아니라 비단뱀이거든.

나는 깔깔댄다. 내 웃음소리가 커질수록 그는 점점 흥분한다. 하지만 모욕감으로 인해 그는 점점 오그라든다.

어떤 사람을 알려면 그와 무언가를 해보아야 한다. 그와 무언가를 해보기 전에는 그를 안다고 말하지 말 일이다. 무엇을? 무엇이든.

북극탐험

히말라야 등반

산책

요리

통곡

그리고 침묵

요한, 이제 널 알 것 같아.

강도가 돌아간 다음 객실을 치우지도 못한 채 침대에 엎어진다. 객실과 이렇게 헤어지긴 싫었다. 타의에 의해 이런 식으로 객실과 마지막을 장식하는 건. 하지만 지금은 손가락 하나도 움직이기가 싫다. 나는 지저분한 객실 안을 미안한 마음으로 바라보다 오랜만에 단비와도 같은 단잠에 빠져든다.

꿈속에서 나는 단비를 찾아간다. 꿈속의 단비는 길에서 우산도 우비도 없이 쏟아지는 비를 맞고 있다. 나는 우산을 들고 달려가 단비에게 씌워주며 손을 내민다. 순간 단비 엄마가 뛰어와 나를 가로막는다. 단비는 잽싸게 엄마의 등뒤로 숨어버린다. 그러곤 엄마가 건넨 우산을 들고 집을 향해 달린다. 나는 애타게 "단비야!" 하고 외친다. 단비는 대답도 않고 대문 안으로 쏙 들어가버린다.

단비 엄마가 내게 묻는다.

"왜 그랬죠? 왜 부인 있는 남잘 만났나요? 그런 데서 쾌감을 느껴요? 남의 남자 건드리는 데서?"

몰랐어요. 이런 대답은 아무리 꿈이라 해도 상투적이다. 사랑하니까요, 라고 답한다면 대답과 동시에 웃음이 터져나올 것이다. 하지만 나는 내 꿈을 조종할 수 있다. 나는 내 꿈의 조종사다. 나는 단비 엄마를 똑바로 바라보며 말한다.

"우린 만난 게 아니에요. 그는 내 먹이였을 뿐."

찰싹, 단비 엄마가 내 뺨을 때린다. 나는 꿈에서도 단비 엄마의 행동을 조종하진 못한다. 비록 꿈이지만 내가 원하는 그림은 이게 아니다. 그녀가 내게 입을 맞추는 것. 이것이 바로 내가 원하는 그림이다. 그녀의 입술이 탐이 나서가 아니다. 적에게 키스를 하는 건 적어도 예상을 뒤엎는 그림이니까.

단비 엄마는 내게 삿대질을 하며 욕을 하기 시작한다. 하지만 그녀의 욕은 무언극에 나오는 배우의 대사처럼 내 귀엔 한마디도 들리지 않는다.

새벽, 잠에서 깨어난 나는 꿈에서나마 단비를 일별했다는 생각에 기쁜 나머지 전화기를 든다. 하지만 이 시간에 단비네 집에 전화를 할 순 없다는 생각에 이르자 전화기를 도로 내려놓는다.

나는 단비가 어린이집에 나오지 않는 요 며칠 동안 계속 단비네 집으로 전화를 했지만 단비 엄마는 전화를 받지 않았다. 운이 좋게 전화가 되어 "여보세요?" 하면 단비 엄마가 말없이 전화를 끊어버렸다. 핸드폰을 하면 아예 꺼버렸다. 하지만 단비 엄마는 꿈과는 달리 내게 어떤 질문도 추궁도 하지 않았다. 류준수와 나와의 관계를 알아버린 걸까? 아님 류준수가 나 때문에 어린이집을 보내지 않기로 한 걸까?

엄마를 닮아 예쁘고 똑똑한 단비. 엄마를 닮아 별명이 단비 공주인 단비.

단비야, 내가 비단뱀이라고 해서 널 잃을 순 없어. 네가 지금 당장 어린이집 문을 열고 단비처럼 와준다면, 난 바다처럼 기쁠 거야.

다시 비단뱀

객실을 2호실로 옮기고 나서 맞은 첫 주일이다. 객실에서 가까운 교회에 다녀와 오후는 청소로 시간을 보낸다. 나는 1인용 침대의 매트리스를 들고 베란다로 힘겹게 끌고 나간다. 그리고 먼지를 턴 다음 햇볕을 쪼이도록 세워놓는다. 나는 다시 안에 들어와 손걸레로 객실을 닦기 시작한다. 최대한 꼼꼼하게 아주 천천히 닦을 생각이다. 대걸레로 닦는다면 몇 분도 못가 금방 끝나버릴 테니까. 만일 할머니가 옆에 계셨다면 "그놈의 청소 좀 작작해라" 하실지도 모르겠다. 그럼 난 이렇게 대답할 것이다.

"할머니가 보고 싶은 걸 어쩌란 말이야……"

우리교회 유치부 아이들이 그립다. 예슬인 내가 걸레를 들고 청소를 할 때면 같이 하겠다고 어찌나 덤벼들었던지. 그러

면 찬빈이도 덩달아 걸레를 빼앗곤 했는데. 예슬이와 찬빈인
사이좋게 걸레를 하나씩 받아들고는 유리창 하나씩을 책임지
곤 했지. 그래서 유치부 예배실의 유리창은 항상 반짝였어. 아
이들 얼굴처럼.

아아, 더이상 못 참겠다. 나는 벌떡 일어나 차를 몰고 무작
정 우리교회를 향한다. 그리움이 나를 어느새 우리교회 문 앞
까지 인도한다. 교회에 도착하니 마침 유치부 예배 시간이 끝
나간다. 나는 교실 밖에서 서성이며 창문을 통해 아이들을 바
라본다. 유치부에 새로 온 교사가 율동을 해가며 찬송을 부르
고 있다. 아이들이 신나게 찬송가를 따라 부른다. 아이들이 선
생님을 따라서 "예수님이 좋아요—" 하며 찬송을 하자 찬빈은
후렴구처럼 무조건 '안' 자를 집어넣고 부른다.

"예수님이 안 좋아요—."

예슬이가 찬빈이를 노려보며 타이른다.

"그럼 못써. 예수님도 널 싫어하면 좋겠어?"

"아니. 메롱."

예슬이는 내가 염려했던 것보다 잘 적응해나가고 있다. 아
이들은 언제고 어디서고 잘 자란다. 어른들이 걱정하는 것보
다 훨씬 씩씩하게 잘 자라나는 존재들인 것이다.

예배가 끝나자마자 제일 먼저 문을 열고 찬빈이가 뛰어나
온다. 나는 구석에 숨어 있다가 찬빈이를 향해 손짓을 한다. 찬
빈이가 나를 보자 환호성을 지른다. 내가 쉬잇, 하자 발뒤꿈치

를 들고 살살 다가와 묻는다.

"산타클로스가 있게? 없게요?"

아이들의 질문은 '어린 왕자'의 질문 같다. 언제나 상식을 뒤엎는다. 나는 아이들의 질문을 통해 배운다. 어른이라면 기껏해야 '오랜만이야, 어떻게 지냈어?'라고 물었을 텐데.

두번째로 나온 예슬이가 찬빈이에게 면박을 준다.

"바보야, 있게요? 없게요? 해야지!"

응용력이 생긴 찬빈이가 또 묻는다.

"선생님 보고 싶었게요? 안 보고 싶었게요?"

나는 터져나오려는 눈물을 애써 참으며 찬빈이와 예슬이를 한 팔에 한 명씩 와락 끌어안는다. 어른이 된다는 건 참아야 할 일들의 목록을 늘려나가는 것이다. 장례식장에선 웃음을 참아야 하는 것처럼 지금은 눈물을 참아야 한다.

아이들 역시 두 팔로 있는 힘껏 내게 매달린다. 나는 다른 교인의 눈에 띄기 전에 아이들과 헤어져 조용히 교회 뒷문을 향한다.

*

어린이집 아이들의 낮잠 시간이 돌아온다. 아이들에게 자장가를 불러주며 재우고 있는데 원장이 나를 부른다. 당장 원장실로 오라는 것이다. 교사회의인가? 일정엔 없었는데. 나는 아이들에게 이불을 잘 덮어준 다음 교실을 나선다.

원장실에 들어서자 원장이 총무에게 나가 있으란 눈짓을 한다. 나는 단둘만의 용무가 무엇인지 직감하며 호흡을 가다듬는다. 총무가 나가자 원장이 문을 닫고 블라인드를 내린다. 블라인드를 내린 원장실은 갑자기 조용해진다. 어둠은 정적과 통한다.

"조용히 물어볼 게 있어서요."

원장이 깍듯한 존댓말로 정적을 깬다. 목소리에 권위가 잔뜩 실려 있다. 그래서 원장이 어둠을 연출했나보다. 날 마주 대하기가 힘들어서. 나는 천천히 고개를 숙인다. 드디어 올 것이 왔구나. 나 역시 이 순간 이후 그녀의 얼굴을 마주보기가 힘들어질 것이다.

"투서가 들어왔어요. 무슨 내용인진 은 선생님이 더 잘 알 거예요. 선생님이 어떻게 그럴 수가 있죠?"

가희 양, 드디어 말해버렸구나. 왜 이제야 말한 거니? 날 서서히 고문해서 죽여버리려고? 너도 독재자들처럼 고문을 즐기는 타입이야?

'이미 땅에 떨어진 낙엽이라고. 그것을 책망하진 말라고.' 나는 원장에게 욥처럼 묻고 싶은 것을 참는다.

원장이 침착하고도 절도 있는 어조로 묻는다.

"사실인가요? 학부모랑 모텔을 드나들었다는 게?"

나는 빨리, 그리고 분명하게 대답한다.

"네."

당황한 듯 원장의 입이 벌어진다.

"소문이 퍼지면 원장인 나도 옷을 벗어야 합니다. 여기가 기독교재단인 거 몰라요? 은 선생님도 기독교 신자잖아요. 어떻게 그러고도 계속 승급교육을 받으러 다녔나요?"

"죄송합니다."

"아이들 깨기 전에 조용히 짐 싸서 나가주세요."

"오늘만이라도 아이들 하원 시간까지 근무하면 안 되나요? 부탁드리겠습니다."

나는 비굴한 표정으로 간절하게 애원한다. 아이들을 생각해서 하는 일이라면 아무리 비굴하게 굴어도 자존심이 상하는 법이 없다.

원장이 픽 웃으며 말한다.

"당연히 안 되죠."

경멸이란 단어 앞에도 찬사 어린 형용사를 붙일 수가 있다면 나는 기꺼이 '예의 바른'을 붙이겠다. 27년을 살아오는 동안 오늘처럼 예의 바른 경멸을 본 적이 없다. 언제 저 입술이 내게 '우리'란 표현을 하면서 친한 척 반말을 했었던가.

원장실을 나서는 내 뒤에 대고 그녀가 말한다.

"투서를 보낸 학부모 심정이 어땠겠어요? 한시라도 선생님이 근무하는 걸 보고 싶겠어요?"

학부모? 그럼 가희가 아니란 말이야? 그렇담 누구지? 단비 엄마?

나는 원장의 지시대로 아이들이 낮잠에서 깨기 전에 조용히 짐을 싼다. 내가 아이들의 얼굴을 조금이라도 더 보기 위해 천천히 짐을 싸고 있다는 것을 원장은 알지 못할 것이다.

퇴근까지 홈페이지에 업데이트할 아이들의 사진이 있는데. 일일연락장도 적어야 하는데. 낮잠 시간이 끝나면 결이와 우주의 기저귀를 확인해봐야 하는데. 단비의 손을 잡고 쉬를 하러 화장실에 가야 하는데. 오늘 결석한 소원이 엄마에게 전화를 해야 하는데. 아이들이 깨서 내가 보이지 않으면 날 찾으며 울 텐데 걱정이 된다.

나는 짐을 겨우 꾸려 자리에서 일어선다. 어린이집은 출입문이 하나밖에 없으니 오늘도 정문으로 나갈 수밖에 없다. 정문이 싫으면 담을 넘는 방법도 있지만 짐 때문에 그럴 수가 없다. 나는 조명애 선생님과도, 그리고 어떤 선생님과도 작별 인사는 하지 않는다. 짐을 꾸리는 동안 선생님들이 일부러 자리를 피했던 걸 아니까.

나오는 길에 정문 앞에 멈춰 선다. 아까부터 치받쳐오르는 역겨움을 도저히 참을 수가 없다. 나는 정문에 대고 구토를 해버린다. 원장실과 교무실 창문을 통해 쏟아져나오는 따가운 시선을 느끼며 주차장을 향한다. 그리고 어린이집 주차장에 주차된 내 차에 오른다. 항상 가장 늦게 빠져나가던 내 차가 오늘은 제일 일찍 빠져나간다. 오늘 아침, 주차를 할 땐 마지막 주차가 될 거란 생각은 하지 못했는데. 다시는 여기에 오지 못할 거란 생각에 가슴이 저려온다.

차가 출발하면서 어린이집과 점점 멀어진다. 이대로 후진하고 싶다는 마음이 격렬하게 솟구치지만 그럴수록 차는 앞으로 나아간다. 객실 근처까지 가는 내내 나의 구토증은 좀체 멈추질 않는다.

차가 약국 앞을 지나는 순간 나는 끼익 브레이크를 밟는다. 혹시? 나는 깜빡이를 켜고 약국 앞에 정차한 뒤 안으로 뛰어들어간다. 그러곤 임신테스트기를 사서 객실로 돌아온다. 나는 화장실로 달려가서 소변을 테스트기에 떨어뜨리고 초조한 심정으로 결과를 기다린다. 잠시 후 테스트기에 선명하게 나타나는 두 줄의 분홍색을 확인하자 다시 눈물이 쏙 빠질 정도로 심한 헛구역질이 시작된다.

임신에 성공했다. 계획대로 임신에 성공한 것이다. 나의 임신은 한설하가 우습게 들린다던 바로 그 계획 임신이다. 그런데 이 일의 공모자가 한설하인지 요한인지 류준수인지 모르겠다. 나는 눈을 감고 머릿속으로 주사위를 던져본다. 아, 요한은 아니다. 요한은 그날 사정하지 않았다. 아니 못 했다. 내가 그 앞에서 비웃어대는 바람에 할 수 없었으니까.

류준수와의 마지막 날, 그는 먼저 떠나고 나는 룸에 남아 있었다. 그날은 나의 배란주기였다. 나는 그의 정액이 내 다리 밑으로 한 방울도 새어나가지 못하도록 물구나무를 섰다. 그의

가장 튼튼한 정자 하나가 어서 나의 난자에게 달려와 성공적
으로 만나기를 빌었다. 내 자궁에 수정란이 무사히 착상되기
를. 정자가 그의 것이란 건 중요하지 않았다. 정자가 누구의 것
인가는 내게 아무런 의미가 없었다. 아이의 아버지가 누구인
가는.

한설하가 가시면류관류를 당당하게 가시면류관으로 만들
어준 날, 나는 그가 사정하는 순간 내게서 몸을 빼지 못하도록
두 다리로 그의 허리를 꽈악 감싸안았다. 그날 생애 처음으로
나를 낳아준 엄마를 떠올렸다. 한번도 본 적이 없는 엄마란
존재와 엄마란 단어, 엄마의 의미를. 엄마를 떠올리니 눈물이
났다. 엄마를 그리워한 적은 한번도 없었지만 그래도 눈물이
났다.

구토가 멈춘다. 나는 변기에서 일어나 화장실 창문을 연다.
바람 한 점 들어오지 않는다. 그래도 상관없다. 어차피 기대한
건 아니었으니까. 바람 같은 건.

나는 임신테스트기를 서랍에 넣어놓고 류준수에게 핸드폰
을 한다. 한참을 울린 뒤에야 그가 핸드폰을 받는다. 그는 내가
왜 전화했는지 안다는 듯 바로 본론부터 꺼낸다.

"단비 엄마한테 우리 사이에 있었던 일을 말해버렸어. 그녀
를 괴롭히는 방법치곤 괜찮은 것 같아서."

"고마워. 덕분에 어린이집을 그만두게 됐어."

"나도 단비 엄마랑 이혼했어. 이제 공평하지?"

"아니. 축하할 일 같은데?"

"이혼하면 그녀랑 진짜 새롭게 시작할 수 있을 거 같았거든. 그런데 그녀가 이제 나랑 진짜로 끝났다는군."

그는 진짜란 단어를 강조하듯 두 번이나 말한다. 지금 그의 말은 진심일까. 그동안 그들의 관계는 얼마만큼 진짜였을까. 그리고 우리 관계는.

"모든 끝은 새로운 시작이야. 너무 비관하진 마."

"그 말 들으니까 힘난다. 잘 지내."

"너도."

그와 내가 동시에 전화를 끊으려는 순간이다.

"참, 나 임신했어."

"정말? 어떻게 해줄까? 손잡고 병원이라도 가줘?"

"필요 없어. 내 보호자는 나야. 문젠 당신이 아이 아버지인지 아닌지 모르겠단 거야."

내게 중요한 문젠 아니지만, 이란 말을 나는 애써 덧붙이지 않는다. 잠시의 침묵 뒤에 그가 답을 한다.

"사실 우리 사이에 콘돔은 필요 없었어. 언제나 필요 없었지. 단비 엄마한테 상의도 안 하고 묶어버렸거든."

이제 한 사람이 남았다. 그의 말이 사실이라면.

"설마 낳을 생각은 아니지?"

나는 대답 없이 전화를 끊는다.

그날 이후 한설하와는 사적으로 연락한 적이 없다. 내 뜻대로, 내 부탁대로 그리고 내 바람대로 우리는 흘러갔다. 전에 한 설하가 어린이집에 결이를 등원시킬 때 이따금 그의 눈빛에 스며 있는 나에 대한 감정을 읽었지만 그래도 나는 흘려보냈다. 어차피 흘러가야 하는 것은 흘려보내야 하므로.

미스터 슬픔, 나 아이를 가졌어. 당신이 알아야 할 필욘 없겠지?

눈을 비비며 잠에서 깬다. 아침 햇살이 객실 안으로 들어와 눈이 부시도록 비추고 있다. 커튼도 치지 않고 잠이 들었나보다. 창문으로 다가가 커튼을 치려는데 핸드폰이 울린다. 낯선 번호다. 망설임 없이 전화를 받는다. 한 사내가 매우 정중한 목소리로 자신을 한설하의 친구라고 소개한다. 사내가 한 가지 소식을 전한다. 이 아침의 햇살과 아주 잘 어울리는 소식, 눈부시게 뜨거운 슬픔 같은 소식.

……그가 죽었다. 결이 아버지, 미스터 슬픔, 한여름의 눈이라 불렸던 사내. 한설하가. 사인은 심장마비. 결이를 어린이집에 보낸 뒤 무단결근을 하고 극장에서 혼자 영화를 보다가 죽었다고 한다. 가방 안에는 그의 시집 한 권이 들어 있었다고.

전화를 끊고 잠시 눈을 감는다. 머릿속이 새하얘지면서 완전히 텅 비어 영이 되는 느낌. 코앞에 벌어진 상황에 대해 전혀 인정할 수 없는 순간. 동시에 진심으로 이해할 수 있다고 생각되는 순간. 살아오면서 가장 모순된 감정을 느낀 순간을 꼽으라면 바로 지금이라 할 것이다.

나는 잠시 두 손을 모으고 그를 위해 기도한다. 그리고 장롱으로 가 검은 정장을 꺼내 입는다. 객실을 나서서 내 차를 세워둔 곳을 향해 다시 걸어간다. 차의 시동은 기다렸다는 듯 단번에 걸린다. 내가 이렇게 빨리 되돌아올 줄 알았다는 듯. 어딘가로 금세 다시 출발할 줄 알았다는 듯.

그가 죽었다. 기형도처럼. 한설하답게.

한설하의 장례식장에서 결이의 모습은 볼 수 없었다. 외할머니가 결이를 데려갔다고 한다. 몇 안 되는 그의 지인들이 조촐한 장례식에서 이런 말을 주고받는다. 어떤 남자에겐 산 자식보다 죽은 아내가 더 힘이 세다고. 몹쓸 인간이라고. 천상(天常) 시인이었는데 이젠 천상(天上)의 시인이 되었다고.

영정사진 속의 그가 내게 묻는다.

'내 소원이 뭔지 말해줄까?'

'뭔데?'

'시를 위해 순교하는 것.'

'맙소사, 이 시대에도 시를 위해 순교하는 사람이 있어?'

'살아서 시인이 될 수 없다면 시를 위해 순교라도 해야지. 안 그래?'

헤이! 한여름의 눈!

이승에서의 사랑이 싫어

천사와 사랑하러 저승으로 간 거야? 당신 시처럼?

영정사진 속의 그가 나를 향해 웃는다. 나도 그를 따라 웃음이 나오려는 걸 애써 참는다. 정신 차려 은해이, 여긴 장례식장이야. 장례식장이라고!

순간, 자신의 손으로 목을 조르는 그의 모습이 스쳐간다. 자신의 목을 조르는 그의 손이 서서히 비단뱀으로 변하는 것을, 나는 두 눈으로 똑똑히 확인한다.

*

결이의 외할머니는 결이를 입양기관에 맡겼다. 몸도 마음도 병중이라 결이를 더이상 돌볼 수가 없다고 했다.

나는 입양기관을 찾아가 한설하의 약혼자라고 말하며, 그의 아이를 임신중이라고 했다. 내가 미혼인데다 현재 뚜렷한 직업이 없어 결이의 입양을 허락받는 건 쉬운 일이 아니었다. 그러나 쉬운 일이 아니라고 해서 포기하는 건 예나 지금이나 내 적성에 맞지 않는다. 크리스마스에 결이는 내 아들이 되었다.

결이를 안고 입양기관을 나선다.

한여름의 눈, 너에겐 끝까지 아무것도 주지 않겠어. 이미 끝났으니까. 죽으면 게임 끝이라고. 알아? 하지만 난 살아서 끝까지 갈 거야. 네 무계획의 산물들을 데리고 한번 가볼 거야.

나는 하늘을 올려다본다. 아까부터 떨어지던 눈발이 제법 굵어졌다. 결아, 화이트 크리스마스란다. 우리의 새 출발치곤 꽤 근사하지? 나는 결이에게 노래를 불러준다.

"송이송이 눈꽃송이 하얀 꽃송이— 하늘에서 내려오는 하얀 꽃송이—"

결이가 신이 나서 "이—, 이—" 하며 끝음절만 따라 부른다. 그리고 나를 향해 씨익 웃는다. 마치 자신이 노래를 처음부터 끝까지 다 불렀다는 듯 뻔뻔한 표정을 지으며.

나는 주차장으로 가 뒤창에 '아이가 타고 있어요'란 안내문을 붙여놓은 내 차에 오른다. 그리고 결이를 조심스레 카시트에 태운 뒤 운전석에 앉는다. 어느 길로 갈진 아직 모른다. 초행길이란 것밖엔.

나는 배를 조심스레 쓰다듬고 나서 시동을 건다. 그리고 부드럽게 액셀러레이터를 밟는다. 과속은 금물이다. 내 아이들이 타고 있기 때문이다.

너는 피투성이가 되더라도 살아 있으라.*

* 에스겔 16장 6절

해설

섹스, 가족, 그리고 이동성

유인혁(문학평론가)

섹스

박성경의 『비단뱀』은 20대 어린이집 여교사가 두 명의 학부형, 그리고 한 명의 신학대 학생과 섹스하는 이야기다. 이 소설의 주인공 은해이는 이중생활을 즐기는 여성이다. 한편으로 은해이는 정숙한 여성이다. 그녀는 종교적인 '은혜'를 연상시키는 이름을 가지고 있다. 그녀는 '우리교회'(교회 이름이 우리교회다)에서 만 1세반 교사를 하고 있다. 그녀는 교회 부설 어린이집에서 교사로 일하고 있다. 그녀는 거의 화장을 하지 않은 얼굴로 일터에 간다.

그런데 다른 한편으로 해이는 정숙하지 않은 여성이다. 그녀는 자기 차에 "가발, 하이힐, 부츠, 미니스커트, 속옷, 무대의

상, 화장도구, 선글라스, 우산, 콘돔"을 보관하고 있다. 퇴근 후 그녀는 "카시트 위에 화장도구를 펼쳐놓고 차안에서 스모키화 장"을 한 후 호텔의 바 따위에 방문한다. 그리고 거기서 만난 남자와 "뻔뻔하고 무책임한 섹스"를 한다. 이 남자는 이후 어린이집의 학부형으로 밝혀진다. 한편 해이는 시인이자 출판사 직원으로 일하는 또다른 학부형과도 섹스를 한다. 그리고 우리교회 담임목사의 아들인 요한과도 섹스를 한다.

이러한 성적 모험은 독자에게 도덕적 충격을 주기 위해 사용된 서사적 장치일 것이다. 하지만 우리에게 이러한 충격은 얼마간 관습화되어 있다. 이러한 이야기는 아주 진지한 서사예술에서 포르노에 이르기까지 쉽게 찾아볼 수 있다. 이를테면 린다 러브레이스가 주연한 〈목구멍 깊숙이〉(1972)와 같은 포르노그래피는 성적 쾌락을 통해 무미건조한 삶을 벗어나고 진정한 자아를 발견하는 여성 주체를 제시했다. 엘프리데 옐리네크의 『피아노 치는 여자』(1983)나 대런 애러노프스키의 〈블랙 스완〉(2010) 역시 '정숙한 여인'의 성적 욕망과 해방을 주제로 삼았다. 요컨대 『비단뱀』은 성적으로 무구해 보이는 여성의 일탈과 해방을 다룬다는 점에서 아주 대중적인 서사 전략을 사용하고 있다.

그런데 『비단뱀』은 이러한 일반적인 재료를 사용하여 아주 흥미로운 악센트를 만들어내고 있다. 그 결과 『비단뱀』은 여전히 도발적인 도덕적·미적 서사로 작동한다.

요한이 스티로폼과 색종이 그리고 이쑤시개의 조합인 가시면류관류를 기가 막힌 듯 바라본다.

"이게 뭐야?"

"가시면류관이라고 해둘게. 아직은 아니지만."

"가시면류관?"

"이걸 쓰고 하면 예수랑 하는 기분이 들 거 같아. 예수랑 섹스하면 어떨지 정말 궁금했거든."

요한의 눈이 휘둥그레진다.

"이걸 쓰고 카섹스를 하자고?"

나는 고개를 끄덕인다. 내 눈빛은 어느 때보다 진지하다.

(127쪽)

나는 뱀 소리를 내며 그의 입을 틀어막는다. 부탁이야. 신음 소린 내지 마.

그의 등과 이마에 피가 맺힌다. 그의 악문 입술에도. 드디어 가시면류관류가 주인을 만나 비로소 가시면류관으로 태어나는 순간이다.

내 온몸이 땀으로 뒤덮인다. 나는 그에게 속삭이듯 묻는다.

"좋아?"

그의 눈에 이슬이 맺힌다. (138~139쪽)

예를 들어 『비단뱀』에서 종교적인 상징과 섹스를 연결시키는 방식은 아주 감각적이며 도발적이다. 위 인용문에서 주인공 은해이는 섹스 상대에게 '가시면류관'을 씌움으로써, "예수랑 섹스"하는 기분을 느끼고자 한다. 이쑤시개로 장식한 조악한 가시관, 가학·피학음란증, 그리고 혼외정사는 은해이의 섹스를 아주 기괴하며 분명히 신성모독적이고, 외설적인 것으로 만든다. 그리하여 『비단뱀』은 도덕적 일탈과 성적 자율성의 교집합을 탐구하는 불온한 소설로서 기능한다.

가족

한편 『비단뱀』은 싱글 여성 은해이가 가족을 형성하는 이야기이기도 하다. 은해이는 가족 없는 사람이다. 그녀의 부모님은 물론이거니와, 오랫동안 유일한 보호자였던 할머니 역시 작고한 지 오래다.

사실 은해이는 다만 가족구성원을 갖지 못한 데 그치는 것이 아니라, 가족의 개념 자체에 대해 부정적이다. 아래 인용문에서 은해이는 가족과 친구, 친척의 부재를 토로하며, 거기서 상실감을 느끼지 않을 것이라고 다짐한다.

내겐 가족이 없다
내겐 친구가 없다

내겐 친척이 없다

솔직히 난 가족을 한번도 그리워한 적이 없다. 애초에 없었으
니까 그리움도 없는 것이다. 한번도 경험해보지 못한 존재를
굳이 떠올리며 부재를 슬퍼할 필요는 없다. 남들에겐 있고 내
겐 없다고 해서 상실감을 가질 이유도.(20~21쪽)

이러한 태도는 은해이에게 진정한 의미에서 집이 없다는
점을 보여준다. 은해이는 자신의 집을 "전용객실 1호실"이라
고 부른다. 그녀는 "세상은 피서지고, 나는 세상에 피서하러 왔
다"고 생각하여 자신의 원룸을 "호텔 객실 1호실"(26쪽)로 부
르고 있다. 그러나 이것은 삶이 정말 피서와 같이 짜릿한 여행
이며, 집이 호텔의 객실처럼 편안하고 매혹적이라는 의미는
아니다. 그녀는 "남자의 수입에 의존하지 않고 혼자 사는 직장
여성은 늘 적자"(58쪽)라는 현실 속에 있다. 요컨대 은해이의
'전용객실 1호실'은, 그녀가 여행자처럼 '호캉스'를 누리듯 살
고 있다는 의미가 전혀 아니다. 그것은 은해이가 자신을 반겨
주는 가족 없이 살고 있다는 점, 그리하여 가장 기초적인 공동
체이자 삶의 "가치, 자양분, 지탱물의 중심으로서 장소"*로서
의 집을 갖고 있지 않다는 점을 드러내는 표지다.

* 이푸 투안, 『공간과 장소』, 윤영호·김미선 옮김, 사이, 2020, 54쪽.

이러한 '가족 없음/집 없음'은 은해이의 가장 큰 결여로서 나타나고 있다. 그녀는 "가족을 한번도 그리워한 적이 없다"고 하지만, 거짓말이다. 은해이는 1인칭 서술자로서 자신의 할머니에 대한 언급으로 이야기를 시작하고 있다. 그녀는 심지어 "할머니를 빼고서 내 삶을 생각한다는 건 상상할 수조차"(11쪽) 없는 사람이다.

은해이가 가족의 부재를 의식하고 있다는 점은 이야기 곳곳에서 나타난다. 이를테면 그녀는 어린이집 원생 '결이'의 아버지인 한설하와의 데이트 장소로 패밀리 레스토랑을 골랐다. 이것은 물론 은해이가 어린이집 교사로서, "어린이집 원장이 이 사실을 알게 된다면 펄펄 뛸 일"(42쪽)을 막기 위해 적절한 장소를 고른 것이다. 그러나 다른 한편으로 은해이가 자신과 한설야, 그리고 '결이'의 일가족 단란의 장면을 연출하고 싶었음을 암시하는 것이기도 하다.

은해이가 가족을 욕망한다는 사실은 어린이대공원이라는 장소를 통해서도 잘 드러난다. 어린이대공원은 한설하가 데이트 장소로 제안한 곳이다. 한설하는 자신과 아이인 결이, 그리고 은해이가 하나의 가족처럼 보일 수 있는 장소를 골랐다. 은해이는 이 제안을 거절했다. 그러나 자신의 다른 섹스 상대인 류준수에게 어린이대공원 데이트를 제안했다. 그런가 하면 교회를 가지 않는 주일에, 홀로 어린이대공원을 방문하기도 했다. 그곳에서 은해이는 "나들이 나온 가족들", "부모들이 테이블 앞에서 아이들과 머리를 맞대고 종이에 낙엽과 단풍잎을 붙여 왕관"(117~118쪽)을 만드는 장면 따위를 바라보았다.

요컨대 은해이는 가족에 대한 강력한 원망(願望)을 가졌다. 그녀는 의식적으로는 가족을 거부한다. 그녀는 가족을 가져본 바 없는 것, 그리하여 소망하거나 원망할 일이 없는 대상이라고 말한다. 그러나 이러한 발언 뒤에는 가족에 대한 강력한 기대가 감지된다. 그녀는 가족을 이루고 싶다.

이때 은해이의 성적 모험은 사실 반려자의 후보를 탐색하는 여정이라고도 볼 수 있을 것이다. 그녀는 "태영시네마 영화팀 팀장"인 류준수와 섹스를 했다. 류준수와의 첫 만남은 호텔 지하의 재즈바에서 이루어졌다. 이러한 단서들은 준수가 넉넉한 사회적 지위와 문화자본을 가지고 있음을 드러낸다. 그런가 하면 한설하와의 만남은 어느 허름한 술집에서 이루어졌다. 한설하가 패밀리 레스토랑에서 불편함을 느꼈기 때문이다. "나갑시다. 이런 덴 소화가 안 돼서."(42쪽) 이는 한설하가 가지고 있는 제한된 문화자본, 그리고 사회적 지위를 암시한다. 마지막으로 은해이는 요한과 섹스를 했다. 요한과는 대개 교회와 관련된 공간에서 만났다. 요한은 "목사 사모 자리를 꿈꾸는 자매"(50쪽)들 사이에서 인기가 높은 1등 신랑감으로 나타난다. 은해이는 의식적으로는 이러한 남성들과의 섹스를 결혼과 연결시키지 않는다. 그것은 "뻔뻔하고 무책임"한 섹스들이다. 하지만 『비단뱀』에서 섹스는 분명 가족 만들기의 실천이다. 혹은 섹스는 결국 그러한 실천이 된다.

　은해이가 반려자를 찾고 있다는 사실은 그녀의 "계획 임신"(157쪽)에서 드러난다. 그녀는 세 명의 성적 파트너와 섹스하며 일부러 피임을 하지 않았다. 그녀는 섹스 후 "정액이 내 다리 밑으로 한 방울도 새어나가지 못하도록 물구나무를 섰다." 한설하와 섹스할 때는 "그가 사정하는 순간 내게서 몸을 빼지 못하도록 두 다리로 그의 허리를 꽈악 감싸안았"다.(158쪽) 요한의 경우 사정에 이르지 못했다. 그러나 은해이가 안전한 섹스(protected sex)를 하지 않았다는 점은 미루어 짐작할 수 있다.

　흥미로운 문제는 은해이가 가족을 원망하는 것이지 결혼을 추구하는 것은 아니라는 사실일 것이다. 그녀는 류준수와 섹스하지만 그와 장기적 관계를 맺을 생각은 없다. 한설하의 청혼을 충동적으로 받아들였지만 그와 결혼할 생각은 없다. 요한의 경우, 그의 교회를 떠날 생각을 하고 있다. 요컨대 은해이는 이 세 남자의 몸과 생산력을 요구하지만, 그들에게 결혼이라는 사회적 서약을 요구하지 않는다. 바로 이것이야말로 은해이가 '꽃뱀'이 아니라 '비단뱀'으로 자칭하는 이유다.

　여기서 우리는 은해이가 정상 가족(normative family)이 아니라 선택 가족(chosen family), 혹은 대안 가족(alternative family)을 추구하고 있음을 확인할 수 있다. 그녀가 가족을 원하지 않는다는 말은 거짓이다. 그러나 은해이는 독점적인 성적, 경제적, 사회적 약속으로서 결혼을 원하는 것은 아니다. 은해이는 그러한 결혼제도 바깥에서 가족을 만들고 싶다.

그런 의미에서 『비단뱀』의 마지막 장면은 보이는 것보다 복잡한 서사적 함의를 가지고 있다. 『비단뱀』은 은해이가 한설하의 유복자를 임신한 채, 결이를 입양하는 대목에서 끝난다. 은해이의 섹스 상대인 한설하는 심장마비로 급사한다. 이 소식을 들었을 때 은해이는, 뱃속의 아이가 아마 한설하의 아이라고 짐작하는 상태다. 한설하 사후에 그의 아들 결이는 입양기관에 맡겨졌다. 그의 유일한 보호자인 외할머니가 "몸도 마음도 병중이라 결이를 더이상 돌볼 수가 없다고"(162쪽) 했기 때문이다. 은해이는 이러한 상황 속에서 결이를 입양하고, 그와 새로운 가족을 이룰 것을 다짐한다. 이후 은해이의 이중생활을 위한 도구가 가득했던 자동차에는 "아이가 타고 있어요"란 안내문이 붙는다.

이러한 일련의 시퀀스는 아주 관습적인 애정극의 사례를 모사한 것처럼 보인다. 남성은 갑작스러운 죽음을 맞이하고, 여성은 급작스럽게 모성애에 눈뜬다. 하지만 작가 박성경은 이러한 스테레오타입을 굴절시키고 있다. 『비단뱀』에서 은해이는 수많은 '신세 망친 여자들'의 뒷길을 따라가는 것처럼 보인다. 그러나 은해이는 주장한다. 이 모든 것은 그녀가 계획한 것이라고. 즉 정상 가족이 아니라, 새로운 형태의 가족을 만든 것까지가 그녀의 바람이었다고.

은해이의 이야기가 가족 만들기로 환원되는 것은 사실이다. 그러나 은해이는 남편과 아버지의 자리가 없는 가족을 일부러 만들었다. 한설하의 죽음은 그 절차를 조금 더 편하게 만들어주는 서사적 개입이다. 은해이는 이러한 정상 가족 너머의 가족, 새로운 가족공동체를 만들어내며 비로소 자신의 모성애와 삶에 대한 의지를 긍정하게 된다.

이동성

『비단뱀』은 실로 오래된, 그러나 새로운 서사를 선보이고 있다. 한편으로 『비단뱀』은 섹스에 대한 보수적인 사회 인식과 불화하는 여성을 다룬다. 나아가 그러한 여성이 결국 가족적 가치를 승인하는 과정을 보여준다. 여기서 우리는 수많은 소설과 영화, 드라마에 나왔던 여성들의 이야기를 겹쳐보게 된다.

그런데 『비단뱀』은 이러한 이야기에서 딱 한 발짝 더 나간다. 『비단뱀』의 주인공은 전통적인 가족이 아니라 다른 가족의 형태를 탐색한다. 그럼으로써 은해이는 자신의 선배들이 아마도 '처벌'이라고 생각했을 일들을 기쁜 마음으로 수행할 수 있는 그러한 사람이 된다.

'착한 여자들은 천국에 가지만 못된 계집애들은 아무데나 간다.' 물론이다. 나도 이 말에 동의한다. 할머니가 살아 계셨을 때 내게 늘 하신 말씀이 있다.

"넌 착해."

"헤이야. 넌 정말 착하단다."

"어이구. 우리 착한 헤이."

할머니는 돌아가실 때도 내게 이런 말씀을 남기셨다.

"착한 내 새끼……"

할머닌 죽기 몇 해 전부터 돌아가시는 날까지 치매로 고생하셨지만 내가 착하단 사실만큼은 잊지 않으셨다. 그러므로 나는 착한 여자고 언젠간 천국에 갈 것이다.(10쪽)

여기서 착한 여자들과 못된 계집애의 대비는 문제적이다. 작가 박성경은 사회적으로 인정되는 '정숙한 여성'과 그녀들의 덜 정숙한 자매들의 차이가, 이동성의 문제와 상호 연결적이라는 사실을 정확히 간파하고 있다.

여기서 '착한 여자'란 물론 가정적인 여성이다. 그녀들은 가족에게 헌신함으로써 덕성을 인정받고, 천국에 간다. 그러나 이는 한 여성의 가능성이 천국에 한정된다는 것을 의미한다. 그러나 사회적 인정을 포기한 여성들은 어디에나 갈 수 있다. 다시 말해 집의 영역에 헌신하기를 거부한 여성은, 역설적으로 집밖의 자유를 획득하게 된다.

여기서 드러나는 "젠더 관념을 뒤흔드는 메시지는 바로 계속 움직여라! 일 것이다."* 은해이는 '착한 여자'로 살고 싶은 마음이 있다. 그것이 사회적 인정을 제공하며, 무엇보다 자신을 기쁘게 하기 때문이다. 그녀는 무엇보다 가족을 사랑하며, 아이를 돌보는 데서 기쁨을 느끼는 여성이다. 그러나 다른 한편으로 은해이는 '무엇이든' 되고 싶다. 그래서 그녀는 일과가 끝나면 자동차에서 화장을 고치고 '나쁜 계집애'로 변신한다. 그럼으로써 사회적, 문화적 속박을 벗어던지고, '무엇이든' 하고 싶다는 욕망과 '무엇이든' 될 수 있는 가능성을 해방시킨다. 한마디로 은해이는 주어진 자리에 만족하지 않고, 격렬하며 무질서한 이동성(mobility)을 실천하는 여성이 된다.

『비단뱀』은 바로 이러한 방식으로, 여전히 우리에게 유효한 여성 인물의 유형을 제시하고 있다. 가정의 자리에서 벗어나, 무질서하게 움직이는 여성. 그리하여 은해이는 여성의 오랜 과제를 수행하는 대리인(agent)으로 기능한다.

마지막으로 간과하지 말아야 할 점은, 이러한 이동의 종착지가 바로 대안 가족이라는 사실일 것이다. 이제 '객실'을 전전하던 여성은, 아이들과 함께 살아갈 집을 마련하게 될 것이다. 그곳에서 "피투성이가 되더라도 살아 있으라"(163쪽)는 금언을 지키는 숭고한 모성이 될 것이다. 그러나 이러한 결착은, 여성의 자리가 결국 가정과 집에 있음을 의미하지 않는다. 모든

* 도린 매시, 『공간, 장소, 젠더』, 정현주 옮김, 서울대학교출판문화원, 2015. 60쪽.

여성이 '착한 여자'로서 집이라는 천국으로 돌아가라는 의미
가 아니다. 오히려 은해이는, 착한 여자의 천국이 아니라도, 가
족을 만들 수 있는 장소가 있음을 역설하고 있다. 나쁜 계집애
는 어디에도 갈 수 있기 때문에 무엇이든 될 수 있다. 그렇기에
가부장제 가족의 천국이 아닌 곳에서도 자리를 잡을 수 있고,
좋은 엄마가 될 수도 있는 것이다.

『비단뱀』이 보여주고 있는 것은 바로 이러한 대안적인 위
치다. 『비단뱀』은 수많은 '꽃뱀'들의 이야기가 그러하듯 여성
의 성적 방종을 징치하는 이야기가 아니다. 반대로 순진하게
여성의 성적 모험을 주체의 자율성에 연결시키지도 않았다.
박성경은 그러한 스테레오타입들을 조심스럽게 조립하며, 관
습적인 서사를 미묘하고도 분명하게 굴절시켰다. 그럼으로
써 정해진 자리를 벗어나고 싶은 욕망을 서사화했다. 바로 그
렇게, 『비단뱀』은 우리 시대의 성적 모험과 가족 만들기의 서
사를 계승하면서도, 그것들의 대안서사와 대항서사(counter
narrative)의 가능성을 보여주었다.

작가의 말

나에겐 목숨이 많아서 소설을 쓸 때마다 매번 목숨을 걸게 되는데 소설이 나올 무렵엔 아니나다를까, 어김없이 살아남는다.

그러니 남은 목숨으로 무얼 할까. 쓰고 쓰고 또 쓰는 수밖에.

에밀 아자르란 가명으로 이중생활을 했던 작가 로맹 가리는 이렇게 말했다.

"나는 마침내 나 자신을 완전히 표현했다."

그러고는 권총을 들어 스스로 삶을 마감했다.

자신을 완전히 표현했다니, 작가로서는 완벽한 삶 아닌가!

하지만 나에겐 권총이 없고, 아직도 남은 목숨이 많아서 어제에 이어 오늘도 써나간다.

더불어 감사도 잊지 말아야지.

내게 작가의 말이란 영화의 엔딩크레디트에 나오는 'Thanks to' 명단과도 같은 것이니까.

먼저 경기문화재단과 교유서가에 감사드린다.

해설을 써주신 유인혁 평론가께도 감사를 전한다.

그리고 『비단뱀』의 주인공 해이와도 같은 나의 이중생활을 묵묵히 견뎌온(작가란 명백히 이중생활자가 아니던가) 가족에게 고마움을 전한다.

2024년 가을, 파주에서

박성경

박성경

서울에서 태어나 덕성여대 국문과를 졸업했다.

영화 〈S 다이어리〉 〈소년, 천국에 가다〉의 각본, 장편소설 『쉬운 여자』 『나와 아로와나』 (2020 아르코 문학나눔 선정) 『파우리 미용실』 『사랑에 관한 농담 혹은 거짓말』(2023 경기예술지원 문학창작지원 선정), 청소년소설 『나쁜 엄마』 『날마다 크리스마스』 등이 있다. 『쉬운 여자』 『나쁜 엄마』 『나와 아로와나』는 부산국제영화제 아시아콘텐츠필름마켓 북투필름(BOOK TO FILM) 선정작이며, 『나쁜 엄마』는 베트남에서도 출간되었다.

비단뱀

초판 1쇄 인쇄 2024년 12월 13일
초판 1쇄 발행 2024년 12월 23일

지은이 박성경

편집 이경숙 정소리 | 디자인 윤종윤 이주영
마케팅 김선진 김다정 | 저작권 박지영 형소진 최은진 오서영
브랜딩 함유지 함근아 박민재 김희숙 이송이 박다솔 조다현 배진성 이서진 김하연
제작 강신은 김동욱 이순호 | 제작처 영신사

펴낸곳 (주)교유당 | 펴낸이 신정민
출판등록 2019년 5월 24일 제406-2019-000052호

주소 10881 경기도 파주시 회동길 210
문의전화 031.955.8891(마케팅), 031.955.2692(편집), 031.955.8855(팩스)
전자우편 gyoyudang@munhak.com

인스타그램 @gyoyu_books | 트위터 @gyoyu_books | 페이스북 @gyoyubooks

ISBN 979-11-94523-01-7 03810

이 책은 경기도, 경기문화재단의 지원을 받아 발간되었습니다.